善人と天秤と殺人と

プロローグ

女は、真夏を象徴するかのような黄色い向日葵（ひまわり）のワンピースをまとっていた。

死んだのは、ついさっきだ。

頬（ほお）はまだ赤く、半開きにした口もなにか語りだしそうで、生きていたときとまったく変わらない。

本当に死んでいるのだろうか。ただ動いていないだけじゃない？　だけど首が妙な方向に折れ曲がっている。普通、こんな角度でじっとしているなんてできない。きっと死んでいるんだろう。でも信じたくない。

どうしよう、これ。どうすればいいんだろう。

だいたい、どうしてこんなことになったのだ。こんな予定じゃなかったのに。

いったん目を逸（そ）らし、もう一度、向日葵に包まれた彼女を眺める。

6

もしかしたら動きだすんじゃないか。目の前から消えてなくなっているんじゃないか。そんなことを思って。

けれど、それでも、動かない。

どうしよう。どうしたら……

1

もうすぐ新しい生活がはじまる。

借りたばかりのマンションは、駅から徒歩七分。ただし、大通りの信号にひっかからなければの話だ。ここは赤信号が長く、青信号が短い。

「珊瑚（さんご）、なにをのんびりしてるんだよ。早く渡らないと信号が変わるぞ」

征市（せいいち）が、隣を歩いていたわたしが遅れていることに気づき、声をかけてくる。

わかってる。そう答えながらもわたしの視線は、横断歩道を渡る別の人に向いていた。高校生くらいの男の子が両腕で松葉杖をつきながら、ギプスで固められた足を揺らし懸命に歩いているのだ。その少年とペースを合わせるように進んでいると、歩行者用の青信号が点滅しはじめた。

急（せ）かすように腕を掴（つか）んだ征市に笑顔を返し、同じペースを貫く。歩道に辿（たど）り着いたと同時に、車がエンジンをふかす音が聞こえた。

「どうしたんだよ。新居の掃除、がんばりすぎて疲れちゃったのか？」

「違うよ。こっちの声が聞こえなくなってから説明しようと思ったんだけど」

わたしは背後を確認した。少年はわたしと同じタイミングで歩道に達したけれど、歩く速さが違うので徐々に離れていく。

「後ろのあの子と一緒に道を渡ろうと思ったの。慌てるように歩いててかわいそうだったし、途中で信号が変わったら危ないじゃない」

「危ないのは珊瑚も同じじゃないか」

「歩行者が二組もいたら、車もクラクションを鳴らさないんじゃない？　あの子だって、ほかに人がいたら焦らなくて済むだろうし」

「なら手を引いてやれば早かったのに」

「やだ、征市。あの子の両手、ふさがってるんだよ。これみよがしな親切は失礼だよ」

「そりゃそうか。珊瑚は優しいなあ。あの子に伝わったかどうかわからないけど、僕はちゃんと覚えておくよ」

「伝わらなくてもいいし、吹聴するようなことでもない。自分の中の貯金だから」

「貯金？」

きょとんとした顔で、征市が見てくる。

「なんでもない。それより楽しみだね。予約してくれたお店って、マンションを探しにきたとき目をつけてた裏道のビストロだよね。結婚したら、一ヶ月に一回くらいはこういう場所でディナーできたらいいね、って言ったこと、忘れてなかったんだ」

「もちろん」

征市が得意そうに笑う。

夏の終わりに、わたしたちは結婚する。

わたしが今まで借りていた部屋の契約更新が迫っていることもあり、入籍に先がけて一緒に住むこととなった。今日は掃除をしたり、照明やカーテンなどの小物を揃えたりという準備に来たのだ。

「お店、その恰好でだいじょうぶ？　サプライズは嬉しいけど、浮かないかな？」

わたしは征市のカーゴパンツの埃をはたいた。上着はなく、シャツだけだ。わたし自身は、引越しに先駆けて運んだ荷物から、ブラウスとスカートを引っぱりだして着替えている。ふだん着ていない服から順に運んでいたので、三年も前のものだ。流行りのデザインだっただけに、今はもう野暮ったいと、着てから気づいた。なかなか捨てられない性質だけど、この機会に捨てるべきだろうか。

「だいじょうぶだよ。店を覗いてみたら、重々しい外装の割には気取らなそうな雰囲気だったし、言葉どおりのビストロで、ジャケットも要らないって」

「ならいいけど」

「もうひとつサプライズがあるんだよね」

なあに、と訊ねると、征市はすぐに話しだした。サプライズと言う割に、征市はもったいをつけない。三十半ばの今になるまで女性とつきあう機会は少なかったという言葉どおり、男女の駆け引きに慣れていないようだ。

「妹を呼んでるんだ。結婚式までに会わせるって言ってたけど、忙しくて予定が全然立たなかったじゃないか。それがやっと昨日、連絡が取れてさ」

征市はしれっと告げた。

「え？」

「だから妹を呼んでる」

「ちょ、ちょっと待って。だったらわたし、もう一回戻って着替えてくる。ううん、自分の部屋に戻って、ちゃんとした服、取ってくる」

「平気だよ、妹なんだから。あいつはもっと適当な服で来るよ。珊瑚だってジーンズから着替えてるじゃないか。その恰好、ちゃんとしてる」

「してないって。間にあわせだよ。それに征市にとっては妹さんでも、わたしにとっては初対面の人だよ。そういうわけにはいかない」

なにを言ってるんだ、と征市の顔に書いてあった。女性の扱いに慣れていないところも、適度な鈍さも、結婚するなら気の置けない人がいいと思っていたから理想的な相手だ。でも、こういうところは気が利かない。

最初の印象が、一番大事だというのに。妹と会う機会は少なそうだけど、それだけに印象が覆る（くつがえる）チャンスも限られる。センスの悪い人間だと思われたくない。

「気にしなくてもいいんだけどなあ」

征市が繰りかえした。よくよく聞けば、待ちあわせの時間はすでに過ぎているという。時間にルーズだと思われるのはなお困る。

わたしは足を速めた。

「峰田（みねた）さまですね。お待ちしておりました」

案内されたテーブルに、征市の妹はまだ着いていなかった。化粧室で髪を直し、口紅を引く。落ちないタイプの口紅を持ってくればよかったと思いながら。

「一日じゅう働いて、腹減ったよな。なに食べようか」

席に戻ると、征市が暢気（のんき）そうにメニューを検分していた。コース料理にはどれも、茄子（なす）やニンジン、タマネギなど苦手な野菜が入っているらしく、アラカルトを選択したいと言う。大人なんだから食べられるよう努力すべきと思うけど、今はそんな話、していられない。

「緊張して、とても考えられない。あー、ドキドキする」

「そんなに緊張する相手じゃないって。逆に驚くよ、妹は適当だからさ。それより注文、どう選んでいけばいいかな。前菜に肉に魚、組みあわせ方がわからない」

「先に決めちゃダメだよ」

「妹が来てから悩むより、ある程度固めておいたほうがスムーズじゃないか？」

「じゃあまず、前菜とかメインとかはいったん忘れて、征市が一番食べたいものを選んで」

「上から順に選ばなくてもいいの？」

「素材やソースが重なるとつまらないでしょ。一番食べたいものから逆算していきましょ」

わたしの説明に、征市がうなずいた。ふたりで相談して皿を決めていく。飲み物はグラスワインにしようとまとまった。お互い、アルコールは強くない。

メニューを閉じると店員がやってきた。注文が決まったと思われたようだ。まだ征市の妹が来ていないので頼めない。

どうしよう、と思いながら征市を見る。征市は眼鏡を外し、ポケットから専用のクロスを出して丁寧に拭いた。これは征市の癖だ。時間稼ぎの間を取っているのだ。

連絡して、とささやくと、征市が思いだしたようにスマートフォンを取り出した。店員は笑顔で待っている。わたしは口を開いた。

「ごめんなさい。あとでお呼びしていいですか。ひとり遅れていて」

「では食前酒をお持ちしましょうか。前菜とともにお召し上がりいただいて、お待ちになってはいかがでしょう」

店員の提案に、話し中だとつぶやく征市と顔を見あわせたところだった。

甲高い声でスマホに喋りながら、ショートパンツから綺麗な足を露出させた女性が並んだテーブルの間を抜けてやってきた。ふいに手を上げて、征市を呼ぶ。

「久しぶりー。兄上」

じゃあそういうわけで、などと話しながら、女性がスマホのブック型カバーを閉じた。その勢いでストラップについたぬいぐるみがひゅんと揺れる。

店員がそつなく道を開け、女性がテーブルの隣に立った。

――似ている。

似ているけれど、まさかそんなはずはない。

「珊瑚。これが妹の……、どうしたんだ、珊瑚」

征市が驚いた顔で見てくる。いけない。よほど変な表情になっているんだろう。

会社の研修で習ったことがある。人は初対面の相手に会ったとき、表情と声と仕草でどんな人間か推し量るのだと。なかでも表情は、印象の七割ほどを占めるそうだ。

わたしはショールーム勤務時代に鍛えられた、安心感のある笑顔を作った。頼れる姉を演出しなくては。

「はじめまして。八木(やぎ)珊瑚です。これからよろしくね」

わたしを見下ろす女性が、歯を見せて笑った。

「やだ、珊瑚。あたしに気づかないなんてサイアク。ってゆーか、ありえない。わかんないの？　あたし、翠(みどり)だけど」

「……翠」

「そうだよ、野瀬(のせ)翠。なによ、そんなぼーっとした顔して。覚えてないの？　やーだもー、信じられないー」

覚えている。はっきりと。

ギャルタレントのような派手派手しい化粧のせいもあって確信がもてなかったけれど、やはり翠だったのか。

翠に、背後の店員が話しかける。翠は征市の隣、わたしの正面の位置を選び、座った。そして再び、満足そうに笑う。満足……？　いや、含みでもあるような、思惑を感じさせる笑い方だ。

「翠は珊瑚を知ってるのか？」

征市が、翠とわたしを見比べながら話しかけてきた。

「中学の同級生」

「……中学の同級生」

少しずれながら、声が重なった。

「同級生？　本当に？」

「うん。でも征市、妹さんはわたしより年下だって言ってなかったっけ」

「どうだったかな。でも珊瑚と同級生ってことは……あれ？　翠、おまえ幾つだっけ」

「三十二。内緒だけどね。今んとこ、二十五にしてる」

ネイルパーツをいっぱいつけてデコレートした爪をいじりながら、翠が言った。

「内緒って？」

しかも二十五にしてるって、どういう意味？

「三十過ぎてるなんて、バイト先で引かれるっしょ。二十五でも充分オバサン扱いなのに。でも誰も疑ってないし、逆に二十一って言っておきなよってアドバイスもらったりする。も、あたし神だね」

神？

「この調子だろ。よくわからなくなるんだ。使ってる言葉自体が違うし、子供っぽいから珊瑚とはギャップがありすぎて」

征市が苦笑いをしている。

「いくら連れ子同士でも、征市が三十五歳なんだから、自分の歳から計算すればわかるじゃない」

母親と征市、新しい父親と相手の娘、ひとりずつ子供を連れた親が再婚したという話は知っていた。ただ、その新しい父親はすでに亡くなっていて、妹は一緒に住んでおらず、行き来もないと聞いていたのだ。会っておかなくていいかと訊ねたときは、結婚式当日でかまわないと言われた。いくらなんでもそれは遅い、会わせてほしいと頼んだ結果が、これだ。

せめて名前ぐらい教えてくれればよかったのに。同じ歳だと言ってくれればよかったのに。これは訊ねなかったわたしのミス？　だけど苗字まで違うのだから、わかるわけがない。

まさか、こんな形で再会するなんて。

混乱する気持ちを押し殺して笑顔を保つ。だいじょうぶ。征市はのんびりとした口調のまだ。なにも気づいていない。でも、翠は？

「二十五歳だなんて、そこまでは思ってないよ。だけどうちの親が結婚したのは、僕が成人したばかりで翠は高校生のときだ。僕は母を支えようと長年気を張ってきたから精神年齢も高かったし、はじめて会った翠は制服姿で、もっと年下だったような印象なんだ。そうか、翠も三十二か。そろそろ落ち着いてもいいんじゃないか」

「もー、兄上、完全にオヤジ入ってる。これ努力。血がにじむほど努力ってるの。喋り方もファッションも、すべてにおいてオーバー三十に見えないように、チェックを欠かさないわけ。わかる？　今日は珊瑚にわかるよう薄化粧だけど、ふだんはつけま山盛りだよ」

翠はそう言うが、つけまつげはついているように見える。照明の色のせいでわかりづらいけれど、背中まである髪の色もかなり明るい。これが翠にとっての薄化粧なんだろうか。目の周りもアイラインで黒い。二十五歳は疑問だが、三十二歳と聞けば全員が驚くだろう。無理な若作りはしていない。顔立ちが可愛く派手なせいか、潑剌（はつらつ）として、ゴージャスだ。だけど……失礼ながら品に欠けている。軽そうに見えてしまうというか。

「翠さんは、なんのバイトをしているの？」

「居酒屋。なかなか予定あわなくてごめんねー。ってゆーか、なんでさんづけ？　距離を感じるんですけどぉ。お互い呼び捨てでいいじゃん。昔みたいに」

　翠が親しげに笑う。

「呼び捨て、じゃなかった気がするよ。わたし、誰からも名前を呼び捨てにされたことなかったし。わたしも相手に、ちゃんとかくんとかつけていたし」

「やだ、ちゃんと覚えてるじゃん。そだよー、珊瑚ちゃんって呼んでた。だけど今の珊瑚、ちゃんって感じじゃないよね。あたしは今、翠っち、って呼ばれてる。でもそれ、珊瑚が呼ぶの変っしょ。だから翠、でOK」

「いきなり呼び捨てというのは、抵抗が」

「いきなりじゃないってば。あたし妹になるんだよ。ってゆーか、まじ嬉しい。あたしこっちに引越してきてから中学の子と接点ないんだよね。見てのとおり、あんま頭良くないから覚えてないことも多いしさ。でも珊瑚のことはちゃんと覚えてたよ。なーんて、ホントは兄上から写真見せられて思いだしたんだけど。だから驚かせようと思って黙ってたわけ。……あ、きたきた。乾杯しよう」

店員が、背の高いグラスに入ったビールを三つ運んできた。

「僕ら頼んでいませんよ」

征市が止めると、翠が遮った。

「入店したときにあたしが頼んだの。遠慮しないでいいよ、おごるから。でも基本金欠なんで、そのあとはよろしくね、兄上」

妹が参加すると聞いたときから、食事代はこちらで持つつもりだった。支払いのことはかまわない。だけどビールを頼まれるのは困る。ワインの赤と白を一杯ずつと、もう決めていたのに。

征市が目配せしてくる。わかってくれと言いたいのだ。ここで異議を唱えるのは大人気ない。翠の機嫌を損ねるのもよくないだろう。

翠は、爆弾を持っている。

わたしたちは、それぞれの前に置かれたグラスを持った。

「十七年ぶりの再会に乾杯！」

翠が言う。征市がすかさず、つっこみを入れた。

「僕らの結婚に乾杯じゃないのか。そりゃ、翠が珊瑚と知りあいだったなんて、ビックリしたけど」

「二杯目はそっちにしたげる。ねえー、珊瑚」

なにが、ねえー、なんだ。翠はなにを浮かれているんだろう。

わたしは翠の目を覗き込んだ。

翠は言った。中学の子と接点がない、覚えていないことも多い、わたしのことは征市から写真を見せられて思いだした——と。信用していいのだろうか。

まさかすべて忘れてしまったのだろうか。十五歳のあの夜を。

わたしたちのせいで、人がひとり死んだのに。

中学三年生のときにあった二泊三日の修学旅行。行き先は東京だった。当時のわたしたちは、地方のとある県に住んでいたのだ。一日目が東京ディズニーランド。二日目は皇居や国会議事堂界隈から上野に移動し、班単位で自由行動。博物館や美術館で夕方まで過ごしてからホテルに戻った。翌日は東京タワーを経て、横浜に移動する。中華街でも自由行動の時間が予定されていた。

一つ上の学年までは、自由行動の場所が新宿や渋谷だった。だがやんちゃをやらかして、翌年の生徒、つまりわたしたちが迷惑をこうむることになった。やんちゃといっても、ゲームセンターのゲームに夢中になって集合時間に到着し損ねてしまったという、間抜けなものだけど。わざわざ東京まで行ってやることじゃない。

とばっちりを受けた後輩の考えたことも、ある意味やんちゃだった。宿泊したホテルから新宿までは、JRでも地下鉄でも移動が可能だ。当然、学校も警戒していたはずで、いかにもホテルを脱走しそうな生徒には教師の監視があったと聞く。けれど無害そうなわたしたちは見過ごされた。

夜の街を体験しよう、いけないことをしよう、そんなつもりはまったくない。ただその日、とあるロックバンドのライブがあった。それが終わったあと、ファンクラブのメンバーが集まる店に、彼らもやってくるということだった。

　わたしと翠は、そのバンドのファンだった。体制をぶっ潰(つぶ)せだとか反骨だとか、ちょっと悪そうな雰囲気を醸しだしているロックバンド。翠は親のパソコンを借りてファンクラブの代表とメールのやりとりをしていて、レアな情報をよく聞かせてくれた。絶対にそこに行かなくちゃと言ったのも翠だ。すぐ近くまで行くのにもったいない、ライブは見られないけどせめて、と。

　先輩のせいで自由行動の場所がアカデミックな上野の森に変わったことと、同じ日にライブがあるということに、なんの関係もない。自由行動のエリアが新宿だったところで、時間は昼だ。まだ演奏(や)っていない。だけどこちらを我慢したのだからあちらは許されるのではないかという、勝手な理屈がわたしたちを後押しした。

　夜十時の点呼をやりすごし、ホテルを抜け出した。

　夜にはバスが一時間に一本になるような田舎(いなか)じゃない。ホテルの周りでさえ、地元の駅前並みに明るく、人通りも多かった。ましてや新宿は、昼かと思うほどだ。

　明るさに安心したのだ。アイドルグループのファンだと騒ぐクラスメイトより、ロックバンドの奥深い歌詞に感動できるわたしたちのほうが、大人だと思っていたのだ。

その先を、正確に思いだすのは難しい。なのにところどころが、録画されているかのように、くっきりと記憶に残っている。

翠がファンクラブの人から送ってもらった店の地図は、あやふやだった。加えて、ビルの三階に飲食店があるというのが、そのころのわたしたちには想像できなかった。店の電話番号は地図に書かれていたはずだが、携帯電話もまだ持っておらず、やっと見つけた公衆電話には狭いボックスの中でいちゃつく先客がいた。

どの道をどう進んだかわからないままに、わたしたちはそれらしき店を発見してほっとした。けれど扉を開けるとそこには、ファンクラブの人たちよりもっと大人の、怖そうといっていいような人が集まっていて、わたしたちは驚いて逃げだした。笑い声とからかいの声が背後から聞こえてきて、さらに走った。わたしはもう帰りたかった。ファンクラブの人にもロックバンドのメンバーにも、会えなくてかまわない。自分たちがどこにいるかすでにわからなかったけれど、大通りに出れば駅までの道の見当もつくんじゃないか、そう思った。帰ろうと提案したら、翠にあと一ヶ所だけと言われた。ここに来るまでに、もしかしたらと思える場所があったのだと。絶対にあそこだ、戻る道の途中だからいいじゃない、翠はそう懇願する。

それこそが最大のミスだった。

もしかしたらという場所はやっぱり違っていて、立ち入ってしまったビルは薄暗かった。廊下を戻ろうとしたところで出会いがしらに男とぶつかった。わたしは目をあわさないよう顔を伏せていたが未成年だとわかったのだろう、男は最初激しく叱責し、そしてなにをしているのかと訊ねてきた。翠がこういう店を探していると答えてしまい、それならよく知っているから案内しようと男は笑った。そんなの、百パーセント怪しい。しかし翠は本気にした。男は案内をしようと言いながらも、荷物を持ってくるとか電話を一本かけてからとか理由をつけて、途中の扉にわたしたちを入れようとした。

わたしは男を突き飛ばした。きょとんとしたままの翠の手を取り、廊下を駆けた。男に追いつかれたのは階段の踊り場だった。罵倒(ばとう)され、頰を張られ、泣いてしまった。でもここで立ちすくんでいてはいけない。逃げるのだ。わたしが振り払った手を男がよけようとしたのか、男の背後にいた翠が押しでもしたのか、次の瞬間、男は目の前から消えた。逆さまになって、階段を落ちて。

気がつけば男は、下の階の床にいた。頭でも打ったのか、足をまだ階段に預けたまま動かない。

わたしたちは、おそるおそる男の脇をすり抜けた。そのまま一気に走る。一度も振り向かなかった。似たり寄ったりの路地を幾度か曲がった。こっちだあっちだと互いに怒鳴りあう声と、足音ばかりが耳に残っている。何度か間違えはしたものの、なんとか大通りまで辿り着き、駅を目指して再び走った。

ホテルに戻ってからは、布団を被って震えていた。脱走を見咎められたり戻ったところを捕まった同級生もいたけれど、わたしたちのことはバレずに済んだ。

悪夢を見ただけ。そう思いたかったわたしたちを現実へ突き落としたのは、翌日の中華街で見たニュースだった。昼食に入った店で流れていたテレビ。

新宿の雑居ビルで男性の死体が発見された、転落したものとみられる。そんな内容の短いものだった。

わたしは翠を見た。翠もわたしを見ている。無言で見つめ合うその下で、強い匂いを放つ幾つかの皿が回っていた。珊瑚ちゃんの番だから取りなさいよと誰かが勧める。食欲がないと答えると、美味しいのに残念ねと別の誰かが言ってテーブルを回す。わたしと翠は視線が自然と下がり、右に左にくるくる動く皿を、ただ眺めていた。

その日、翠と話したのは、ひとことかふたことだった。どうしよう、と、どうしようもないじゃない。どちらがどちらの言葉だったのか、覚えていない。

新横浜の駅から新幹線に乗った。窓の外を見ながら、早く遠ざかれ、もっと早く、追いつかれないようにと、それればかりを願っていた。

なにに追いつかれたくないのか、わからないまま。

家に帰り、テレビのニュースや新聞に気を配る数日を過ごした。続報は入らなかった。ニュースには全国版と地域版がある。あれは東京という地域で起きたひとつのできごとなのだ。どうやって情報を集めたらいいのかもわからなかった。わからないこともまた不安だったけれど、なにもできない。翠のことも避けていた。すべては、もう一ヶ所だけ確認したいと言った翠のせいだと、腹を立てていた。

翠が声をかけてきたのは、一週間ほど経ったころだ。

あれは事故だ。と言う。

それはそうだろう。わたしたちは絡まれたから逃げただけだ。救急車を呼べば助かったかもしれないけれど、とてもそんなことはできない。一番悪いのはあの男、事故といっていいはずだ。

しかし翠はそういう意味ではなく、「あのニュースのことだけど、まったくの事故なんだ」と胸を張る。翠はあの日会えなかったファンクラブの人に、雑居ビルの転落事件をメールで訊ねたそうだ。相手はニュースを調べ、事故という結論だったと教えてくれた、と。

わたしは仰天した。事故で収まったという結論ではなく、翠の行動にだ。翠はファンクラブの人になんて説明したんだろう。怪しまれていないんだろうか。どれだけ考えなしなのか。

翠はだいじょうぶだと笑った。自分は野次馬を装って聞いただけ、たまたま上京していた日に事件があった、修学旅行のレポートの一環としてその後を知りたい、そう伝えたのだと。相手は喜んで協力してくれたそうだ。綱渡りもいいところだ。ファンクラブの人が鈍いことを願うしかない。

翠は、添付されていたという新聞のコピーを自慢げに取り出した。にやけながら、あげると言う。冗談じゃない。そんなもの持っていたくない。わたしは「事故として」の文章だけ確認し、すぐに翠に返した。紙に触れた指から毒が回るような気がした。記事には死んだ男の名前も顔写真も載っていたが、覚えたら祟（たた）られそうに思えた。

忘れてしまいたい。そう思った。事故とされたなら、いや、本当に事故なのだからそれでいい。記憶から消し去りたいと願った。

そんなとき、あることが起きた。

クラスで行なったボランティア活動が、市の表彰を受けたのだ。学校近くの河川敷を月二回清掃する、その程度のものだ。正直、地味な活動で、なぜ表彰されたのかわからない。市長選の年だったから、政治的ななにかがあったのかもしれない。表彰式には、クラスを代表して学級委員が行くことになった。

わたしは少しだけ、納得がいかなかった。その活動を発案したのはわたしだ。けれど月二回というノルマのせいで参加者は減る一方。学級委員でさえ、あれこれ理由をつけてサボっていた。発案者であるわたしに押しつけて。

表彰されるべきはわたしじゃないか。そんな気持ちが募った。でも一方で、目立つ場所に臨(のぞ)みたくなかった。修学旅行の事件の目撃者がもしもいたら、わたしの顔に気づいたら、そんな危惧(きぐ)を持ったのだ。今なら地方の表彰など誰も見やしないとわかるけれど、当時のわたしは不安だった。

表立ちたい、けれどいっぽうで目立ちたくない、そんな気持ちの屈折を感じ取ったのか、担任の教師が声をかけてくれた。

あなたが今までがんばってきたことを、見ている人はちゃんといますよ。

誰よりもまじめに活動してきたあなたは、表彰よりも尊い評価を得ますよ、と。

担任は修学旅行のときに起きたことを知らない。わたしの本当の思いも知らない。ただ単にわたしの行動を見て、立派だと褒めてくれたのだ。

もしかしたら、と思った。

わたしは道を踏み外しかけた。けれど今までまじめに生きてきたおかげで、助かったのではないか。

わたしを見ている誰か、神様とまでは思わないけれど、人を正しい方向に導くなにかがあるのかもしれない。

それはわたし自身の心の中に存在するのだろう。善いことを積み重ねていれば、よい方向に自分自身を動かすことができる。大人だってよく言うじゃないか。悪いことをしたら地獄に堕ちるよと。閻魔(えんま)さまに怒られるよと。逆もまた真なりだ。

わたしはそれまで以上に、善いことを行なうようにした。

なにも宗教に目覚めるなどといった、極端なことじゃない。毎日の勉強をがんばり、清掃活動には今まで以上にまじめに取り組み、人には親切にする。そんなあたりまえのことだ。もちろん、学校帰りにアイスクリーム店に寄るとか、カラオケボックスで遊ぶとか、その程度の規則違反はしていた。人づきあいの一環だから見逃してもらえるだろう。

わたしは普通に生きている。いや普通以上に、まじめに生きている。そのことに安心した。不安もどこかに去っていった。

けれど翠は、わたしとは別の道を選んでいた。きっかけはわからないけれど、髪が茶色くなり、放課後には化粧までする。わたしは翠と距離を置いた。もともと、同じロックバンドのファンというだけのつながりだ。まもなくそのロックバンドも解散した。プロモーションに関(かか)わっていた人がヤクザ絡みだったとか、メンバーに会わせると言ってわいせつ行為に及ぶ男がいて女子高生が被害に遭ったとか、数々のスキャンダルが噴出したのだ。メンバーにも大麻使用の疑惑があると聞き、わたしはすっかり醒(さ)めてしまった。

翠は、わたしとは別の高校に進学した。母親が亡くなったという話も聞いた。その後、引越したらしく、わたしの前からいなくなった。

わたしはほっとした。

これでもう、あのことを知っている人はいなくなったのだ。わたしがまっとうに生きているからこそ、翠は消えてくれたのだ。

なのに。

なぜ今、わたしの目の前にいるのだろう。

2

ビールは、泡が表面に張っているからこそ美味しいんだよ。なのに兄上も珊瑚も、ペース遅すぎ。

あたしは唇を湿らすようにグラスを舐(な)めているふたりを放っておいて、次の一杯を注文した。この店のビールは旨(うま)いな。うちの店とは大違いだ。うちの店に貼(は)ってある、ビールマイスターがなんちゃらってポスター、あれはハッタリかも。ま、全員が全員、研修を受けてきたわけじゃないし、客だってチェーンの居酒屋にたいしたものは求めていないだろうけど。

「それで、珊瑚は今、仕事忙しいの？　ってゆーか、学校の先生になるって言ってなかったっけ」

あたしが訊ねると、珊瑚は小首を傾げた。

なんか、もったいつけた感じ。こういう女、居酒屋でもよくいる。なかなか注文を決めてくれないんだよね。たいてい男がグループに交じっていて、なにを選べばウケがいいか考えている。女の子っぽい料理をチョイスすることに命懸けてたり、栄養バランスがどうとか、素材が重なっちゃいけないよねとか、家庭的な賢さをアピールする。

だいたいでいいんだよ、どうせうちの店で出してるのは冷凍モノなんだから。そんな細かいことまで計算してうっとうしい。悩んでる時間のほうがよっぽど損だね。

「わたし、そんなこと言ったかな。覚えがないんだけど」

やっと珊瑚が答えた。あんた今までずっと考えていたの？　適当に答えればいいのに。あたしもそれっぽいことを言っただけなんだから。

「違った？　別の子かな。なんか頭良かった子って、そーゆーイメージだったんだよね。ほら、予行演習にもなるからあたしに受験勉強教えてくれるって、言ってなかったっけ。まあ、教えてもらった覚えもないけどさー」

「ごめんなさい。それも記憶になくて」

珊瑚が、途中で言葉を止めた。

「そういや珊瑚、学生時代に家庭教師のアルバイトをやってたって言ってたよな、学校の先生とはちょっと違うけど。僕もやってた。あの時給に慣れると、普通のバイトはなかなかやれないよな」

兄上が話に割り込んできた。これは兄上の自慢話だ。大学の学費を奨学金でまかない、アルバイトで家計も助けていたと、いつも胸を張るのだ。もっとも、あたしたちの両親が結婚するまでの話だけど。

「時給はたしかに高かったね。だけど実際の授業の分だけじゃなく、その子にあわせた予習もしていかなきゃいけないから、トントンかもしれない」

それって、拘束時間外に準備をしておくってこと？ その分のお金は出ないわけ？ 珊瑚ってばバカだなあ。大損じゃん。

「まじめだなあ、珊瑚は。そんなの自分の知識の範囲内でかまわないじゃないか。昔からそんなだったんだな。だから今も仕事に追われているんだよ。他人の仕事も引き受けてるっていうじゃないか」

「だいじょうぶ。後で役に立つんだから。人脈とか経験とか」

「まあな。経験値は自然と上がるよな」

兄上と珊瑚の間で、なんだか前向きな会話が繰り広げられている。あたしにはワケがわからない。でも話に置いていかれるのはつまらないので、食い込めるところを探す。

「家庭教師を雇えるってことは、お金持ちだよね。人脈ならそっちのほうがオイシイんじゃない？　誰か利用できる人、いない？」

「利用って？」

「とりあえず仕事。今のとこ、ハンパなくこき使われてるんだよね。前の店長からどうしてもって頼まれて入ったトコだったんだ。ほら、ホールに可愛いコが欲しいっていうからー。それがリニューアルして新しい店長に代わってからは、雰囲気全然変わっちゃった。客もちっちゃいことでクレームつけてくるし。まじありえない」

中指を立ててみせると、珊瑚が露骨に嫌な顔をした。

ちょっとやりすぎだったか。ここから悪口合戦に持ち込める人もいるんだけど、どうやら珊瑚はそっちのタイプではなさそう。上品系か。ふん、気取っちゃって。

ファッションもそれっぽいよね。良く言えば歳相応のクオリティ、悪く言えばオバサンくさい。冒険ができない人って、トラディショナルで無難にまとめちゃうんだよね。流行も、世の中に行き渡っていいかげん飽きられたころに、やっと取り入れるって感じ。今日の珊瑚はモロ後者。いつの服だよ、それ。

「翠。おまえ居酒屋のバイトなんかで食べていけるのか？　一度家に戻って生活立て直して、いい男見つけて結婚したほうがいいんじゃないのか」

兄上が言う。はいはい、それ二十世紀の価値観ね。しかもかなりのおっさんの。いい男がそうそう転がってるわけないし、結婚したらなにもかも解決するなんて、どんな幻想だ。あんたはそんなに稼いでるわけ？　なによりも家に戻って母君様と生活するなんて、まっぴらごめん。ストレスが溜まるだけ。

自分だって長年、女っけなんてまったくなかったくせに。それが恋人ができて、婚約となって、浮かれまくってこの調子だ。単細胞なヤツ。

「あたしは適当にやってるもーん。ってゆーか、今日は兄上と珊瑚が主役じゃん。兄上にはふたりの馴れ初めってやつをたっぷり聞きたいしー、珊瑚とは十七年間の積もる話をしたいしー。珊瑚って高校入ってからどうしてたの？　進学校だったから勉強三昧？」

「三昧ってほどじゃないけど、普通に勉強して、大学進学でこっちに出てきて」

「じゃあ、それ以来ひとり暮らしなんだ。今まで出会わなかったのが不思議なくらいだね。あたしは高校の途中で変わってからずっとこっち。っていっても、ひとり暮らししたり家に戻ったり、いろいろだけど」

「いろいろって？」

「いろいろはいろいろよー。苦労してるんだよ、これでも」

あたしはニヒルに笑ってみせた。謎多き美貌の女、みたいなイメージで。珊瑚は曖昧な笑顔を向けてくる。

「おいおい、翠。おまえのは全然苦労じゃないだろ。就職し損ねて専門学校行ったり、やっと決まった会社を合わないって半年で辞めたり。バイトだってなかなか続かず、ふらふらしてるだけじゃないか」

兄上が茶々を入れてくる。せっかくカッコよく煙に巻いたというのに、逐一説明すると安っぽく聞こえる。やめてほしい。

「なにそれ、しっつれー。あたしのせいばかりで辞めたわけじゃないもん。それに今のとこは一年半続いてるよ。偉いもんじゃん。辞めたいってのは、さっきも言ったけど店長が悪いせいだよ」

「そうやって同じことやって、もう十年以上になるんだぞ」

「うっさいなー。あたしへの説教は勘弁ね。この話題はここまで。……あ、すみませーん」

区切りをつけるつもりもあって、三杯目を注文する。乾杯のビールはおごると約束したけれど、それ以降は兄上持ちだと言ってあるからいいだろう。こんな機会じゃなきゃ勘定を気にせず飲めないし、滅多に食べられないメニューも待っている。

「で、話は戻るけど、ふたりはどうやって知りあったわけ？」

「電車で」

「たまたま」

訊ねると、ふたりが同時に返事をした。顔を見あわせて含み笑いをしている。

「なにそれ。通勤電車が一緒だったとかいう、高校生系のシチュエーション？」

兄上が、その程度の接点で誰かに惚(ほ)れられる図は考えづらい。だけど一目惚れした誰かに言い寄って交際に持ち込むという図は、それ以上に考えにくい。

「電車の中で気分が悪くなったのよ、わたし。そのときに助けてくれたのが征市で」

「誰でもすることをしただけだよ。でも珊瑚だって、わざわざ後からお礼をしてくれて、ちゃんとした人だと思ったんだ。それから何度か、会うようになってさ」

善い人見本市みたいな出会い方だ。つまらない。

もうちょっとスキャンダラスなほうがネタになるのに。まあ、それを兄上に求めるのは無理か。相手にされなくてストーカーに、なんて悪いほうに転ばなくてよかったくらいだ。頭の中に前世紀の風が吹いてるおっさんの兄上と結婚しようなんて珊瑚も、地味ぃでまじめな毎日を過ごしてるんだろう。満員電車に乗って、会社で上司に怒られて、裏でお茶に布巾の絞り汁でも入れてるような。昨日も今日も同じ、刺激のない生活。

「ふうん、おめでとう。幸せになってねー」

がっかりした気分を表に出さないように、あたしはめいっぱい笑顔を作った。

珊瑚が微妙な笑顔を返してくる。

なにその顔。もっと派手に喜んでもらいたいわけ？　甘いよ。みんながみんな、他人の幸せを喜ぶわけないじゃない。

とはいえこの先は、母君様の関心が珊瑚に移ってくれるだろう。なによりだ。母親といっても元は他人なんだから放っておいてくれればいいのに、あなたのパパから頼まれたからなんて言って、あたしのやることすべてにケチをつけてくる母君様。もう三十を過ぎているのに、うっとうしいったら。

おっと。あたしはまだ二十五、二十五だ。自分で認めちゃいけない。自分が認めなければあたしは自由。世間なんて堅苦しいものより、あたしは自分を大事にしたい。

珊瑚がまた、ちびりちびりとビールを舐めている。もう気が抜けてて美味しくないだろうに。ん？　もしかしたら珊瑚ってば。

「おめでたなわけ？　それで飲んでないわけ？　だから反応鈍いわけ？」

え？　と珊瑚が驚いた。兄上が、頬を緩ませながら本当なのかと訊ねている。

「違う違う。わたし、ビールはあまり飲めないんだ。それにいろいろありすぎて混乱してるだけ」

「なんだ。最初に言えよって。じゃあそれ、引き取ってあげるから好きなもの頼めば」

あたしは珊瑚のグラスを引き寄せて、一気に呷った。店員を呼び、ついでに次のビールも頼んでおく。

「翠さんは強いのね。顔色も変わらないし」

呆れたような口調で珊瑚が言う。兄上が同調してきた。

「いつもそんなに飲むのか？　肝臓壊すぞ」

「一緒に住んでる男が飲まないから、普段は全然。なにしろ未成年だし」

「未成年？」

ふたり、同時に返してきた。兄上が続ける。

「幾つ下になるんだ、それ。なにやってるヤツなんだ。結婚する気は、ない、よな」

「学生だからねー。六つ下、ってことになってる。表向き。まあそういうわけで、あたしはあたしで幸せなわけ。なんだったら、もう一回乾杯する？」

「すごい……ね」

珊瑚がつぶやいた。すごいとも。おっさん化した兄上とは違うのだ。さぞ羨んでいることだろう。

「そういえば、どうして征市と翠さんは苗字が違うの？」

赤ワインを唇に運びながら、珊瑚が訊ねてきた。これもまたちびちびと舐めている。そんな調子で美味しいのだろうか。

「翠さんじゃなくて、翠でいいってば」

「苗字が違ってると変か？　気になるかな」

兄上の返事に、珊瑚が妙に含むような表情をした。

「変ってわけじゃないけれど、外からすぐ兄妹だとわからないんじゃないかって」

「それは日本の戸籍制度の問題だね」

兄上がしたり顔をする。

「親が再婚して相手の戸籍に入って姓が変わるとする。でも子供の姓はそのまま、生まれたときに届け出たまま変わらないんだよ。うちの母が翠のお父さんと結婚して、母は父や翠と同じ野瀬になったけど、僕は変わらずに峰田のままだったんだ」

「知らなかった。だけど小学生のころ、親が再婚して苗字が変わった子がいたような気がするんだけど」

珊瑚が考え込んでいる。

「子供も新しい親と同じ姓にしようと思ったら、養子縁組をするんだ。子供が小さいならそうするほうが多いかもしれないな。自分だけ別の名前なのは疎外感があるしね。だけどもう僕は二十歳になってたから、わざわざ姓を変える必要はないと思ったんだ。変えると手続きやなにやでいろいろ面倒だしね。あ、もちろん親の結婚に反対だったわけじゃないよ。可愛い妹もできたし」

兄上はそう言うが、面倒くささよりもアイデンティティーとかそっちの問題だと思う。今まで自分が築きあげてきたものが消えるのが嫌だったのだろう。

あのころ、兄上から聞かれた。苗字が変わるのが自分のほうだったらどうする、と。どっちでもいいからかまわない、とあたしは答えた。すると、どうせ女の子は結婚すれば苗字が変わるのだから深く考えてないよな、と返された。

深いも浅いもない。本当にどっちでもよかったからだ。以前からたびたび、翠の字でミドリなのに緑と書かれたり、翌という字に間違えられた。説明が面倒なときは訂正しないままのこともあった。それでも郵便は届くし、致命的な不都合もない。名前なんてただの記号、あたしだとわかりゃいいのだ。だからって、女が苗字を変えるなんて考えは古臭い。どっちが変えるかは、結婚するときに両方で考えることだ。

「それで苗字が違ったんだ……」

確認するように珊瑚がつぶやいて、ため息をついた。

なにが気になるんだろう。家族全員の苗字が同じじゃなきゃダメってことはないんじゃない？　珊瑚はひとりっ子じゃないから、自分の苗字に執着していないってこと？　きっと兄上は、珊瑚のほうに姓を変えさせるだろうし。

ああそうか。珊瑚は形式や決まりごとにこだわるタイプなんだろう。なにかあるたびに、常識はこれだ、正しいことはこれだ、って言いだすタイプ。ありそう。まじめなことがアピールポイントだと思ってるつまらない人間だ。

「まあ、姓が母と違うのは変な気もするけど、母は母だしね。僕は逆に、翠と母が同じ姓を名乗っていてほっとしてるよ。つながりを感じられるからね」

兄上が言った。話がそっちに戻ったのか。放っておいてくれ。

「感じない感じない。むしろ母君様には峰田に戻ってほしい。あたしにかまうのはやめてくれ。まじで」

あたしが顔を歪めたからだろう、珊瑚が訊ねてきた。

「お母さんとうまくいってないの？」

「うまくいく必要なんてない相手だからね、気にしなくていいっす。だいたい、パパが死ぬときに、あたしのことを頼むって言っちゃったのがまずいんだよね。そのせいであの人、妙にがんばっちゃってさ。すぐ、あたしをなんとかしようとするわけ。かまうなって。あたしはあたしで充分楽しく生きてるっつーの」

ママが死んだあと、パパが誰と結婚しようと自由。その代わり、あたしも自由。パパとはそういうことになっていた。だからどんな人が母親になってもよかった。それは本当だ。なのにわずか三年、交通事故でパパまであっさり死んじゃって、なぜか他人が身内になっている。想定外だ。兄上は適度な距離を保ってくれるからマシだけど、母君様はなんにでも口を出してくる。出すなら金だけにしてくれればいいのに、残念、そこはシブい。

あたしもたいていの相手なら口先でたらし込めるんだけど、母君様は苦手だ。目的意識がやたら高くて、あたしをその型にはめようとしてくるから、関わりたくない。

「珊瑚、あんたもあんまり気ぃ遣わなくていいからね。向こうは向こうで、仕事したりあちこち出かけたり、がっつり愉快にやってるんだから。マイペースを貫くのがいいんじゃね？その辺のコツは教えてやるよ」

向こうがどれだけかまってくるかは別だけどね。

珊瑚はねだるように兄上を見た。

「まあ、その辺は適当にな」

兄上が無責任なことを言っている。あ、はっきり言って、兄上はあてにならないよ。自分に関心のないことや面倒ごとは、避けて通るタイプだから。あたしと母君様のことだって、間には入らず、仲良くしろと口で言うだけ。変にかきまわさないだけマシ、そう思うしかない。

さあ、まじめな珊瑚は母君様とどう対決するのかな。面白い見世物が楽しめるかもね。あたしは再びビールを頼んだ。やっと酔いが回ってきたようだ。気持ちがいい。

珊瑚のことは、もうひとつなにか思いだしかけていたんだよね。なにかあったような……。さすがにアルコールがきいたかな。わからなくなっている。

まあ、そのうち思いだすだろう。これから長いつきあいになるんだし。

3

会社が法人会員になっているスポーツクラブは、週一回でも通えればいいほうで、思いだしたようにやってくる人間がほとんどだ。みんな身体（からだ）にいいことをしているという錯覚が欲しいのだと、ある人が言っていた。その人も三年ほど、ここには来ていない。
だから、わたしも来られるのだけど。

わたしはいつも右から三番目のコースで泳ぐ。一番右はウォーキング専用で、その隣は初心者用、プールの途中で足をついてもよいというコース。わたしのいる場所から左が、ある程度泳げる人のコースだ。壁に掲げられた大きな時計を見ながらタイムを計っている人もいるけれど、わたしはマイペースで進む。今日はデートを兼ねているし、がんばっても疲れるだけ。ほどほどがちょうどいい。

二十五メートルのプールを何回か往復して、壁の時計を見る。
デート、のはずが、征市はなかなか現われない。仕事が延びるかもしれないと言われたので、受付に利用チケットを預けておいたけど、それにしても遅すぎる。スマホに連絡が入っているかもしれないから、一度ロッカーに戻ろうか。

プールの縁に手をつき、浮力を利用して水から上がろうとしたところで、前に立つ人影に気づいた。ほかに空いているコースはあるのに、と不審に思った瞬間、肩を押された。

背中から水に落ちた。

斜めに着底したせいで足が滑った。身体が水の中に沈む。足のつくプールなのに恥ずかしい、と焦ったのがまずかった。浮かび上がろうとして盛大に水を跳ね上げ、息とともに水を飲み込んでしまう。

「驚いたあ？」

プールサイドに、翠が立っていた。

「なっ……ごっ。ごぶ、な。なんで翠、さんが。……う。なにするのよ」

喉（のど）が詰まって気持ち悪い。

「あははー。成功。みんながみんなキャップしてゴーグルじゃん、誰が誰だかわかんないんだよねー。んで、珊瑚はどこかなーって、プールのそばまで来たら、も、はかったように目の前に上がってくるんだもん。落とすの、お約束じゃない？」

けらけらと翠が笑う。

「ふざけないで。ここがどこかわかってるの？　遊園地のプールじゃない。スポーツクラブよ。ルールを守って泳ぐ人が来る場所なの。小学生でもしないよ、そんなこと」

「ごめんごめん。でも泳げるんでしょう、珊瑚。おおげさだな、だいじょうぶだって」

「泳げるとか泳げないとか、そういう問題じゃないっ」

騒ぎを聞きつけたのか、クラブのスタッフが寄ってくる。

「すみません、平気です。場所を変えますので」

それだけ言って、わたしは今度こそ水から上がった。翠を、プールの脇にあるベンチまで引っぱっていく。

「なになに？　この水着、七、八年くらい前のやつなんだよね。古くて恥ずかしいから水の中にいたいんだけど」

翠は、ジャングルみたいに多種の葉を描いたホルターネックのワンピースを着ていた。

「恰好よりも行動を恥ずかしがってほしい」

「謝ったじゃん。珊瑚ってば根に持つタイプ？　ってか、やっぱあたしこの水着、浮いてる？　逆にみんなが地味すぎ？」

スポーツクラブは、競泳用やそれに似せたモデルの水着を着用している人が多い。わたしもそうだ。翠の水着は古いかもしれないけれど、スタイルの良さもあって似合っている。恥ずかしいと言う割には、堂々と胸を張って、見せびらかすように足を組んでいる。そのせいか、翠の声が大きいからか、視線が集まってくる。

落ち着かない。リゾートホテルのプールじゃないんだから、もうちょっとTPOを考えてほしい。化粧だって落としていない。スポーツクラブのプールではアウトだ。

「ねえ、珊瑚。これ派手かなあ」

胸を強調するかのように、翠が水着の脇を引っぱる。

「三角ビキニじゃないだけ、まだましだとは思うけど」

「ホントはそれ着たかったんだー。可愛いのがあってさ。けど、穴開いてたのよね。ウォータースライダーのせいかな」

呆れた。完全に遊園地感覚だ。キャップとゴーグルは、受付でレンタルしてきたのだろうか。

いやそれよりも。

「どうして翠さんがここに来たの？」

「兄上の代理。行けなくなったから代わってくれって」

愕然（がくぜん）とした。征市はなにを考えているのだろう。来られないならキャンセルしてくれればいいのに。

「プールでデートだっていうから、ホテルとかそういうオシャレなところかと思ったよ。やることは同じなのに、スポーツクラブってだけで異常に健康的じゃんね。珊瑚の趣味？　兄上の趣味？」

翠がもの珍しそうに周囲を眺め回していた。綺麗な筋肉をつけた男性を見つけ、興奮したように指をさす。

「やめてよ、失礼でしょ。それにわたしたちは、お金のかからないデートを楽しもうとしただけよ」

「堅実ーぅ。もしかして沖縄行きの費用貯めてるの？　プレ新婚旅行の」

どうしてそこまで知っているのだ。

「図星？　やっぱりねー。あたし兄上に言ってあげようか。プレなんてせこいこと言ってないで、どーんと、ハワイとかヨーロッパとか行けばいいのに」

「せこいってなにが」

「沖縄じゃ、二泊とか三泊とか、その程度っしょ。それじゃ学生カップルの旅行だよ、ってこと」

「仕事があって長い休みが取れないだけ。今はお互い忙しくて、それがせいいっぱい。いいのよ、ちゃんとした新婚旅行は時間ができたときに行くんだから」

えー、と翠が驚いている。

「珊瑚ってばカタすぎ。なに情熱してんの、仕事なんかに」

「なんか、じゃない。わたしは面白いと思ってる。やりたかった仕事だし」

「超理解不能。仕事って、なにやってんの」

「住宅設備の企画や販売。今担当してるのは水周り」

水？　と小さく言って、翠がプールをちらりと見た。そっちじゃない。

「水周りっていうのは、キッチンとかバスルームとかそういうもののこと」

「へー、仕事に命懸けてるわけ？　ありえなーい」

翠が肩をすくめる。そういう反応を返されるのは男女を問わず、たまにある。長く働ける人を採用したいと言っていた面接官の重役が、まだ会社に居たのかと漏らしたときには呆れた。自分の勤める会社で、女性がキャリアを望むのは狭き道だとも聞く。

だけど、こつこつと積み上げれば形になっていく。手を抜くことは性格的にもできない。小さくてもやりたいことをひとつずつこなし、絶対に辞めない。キャリアばかりがすべてじゃないけれど、諦めずに日々続けていく。それが働くってことじゃないんだろうか。器用な生き方だとは思わない。でもわたしは満足している。地道な毎日のどこが悪いと開き直ってもいる。

そういう気持ちを否定されて、前の男とは別れた。本当はもうちょっとあれこれあったけれど、一番の原因はそこだろう。征市はその点、わたしを尊重してくれる。やりたいようにやればいいと言ってくれる。いい相手にめぐりあえた。

「ねえ、泳ごうよ。ってゆーか、コーチはどこにいるわけ？」

翠が走りだそうとしたので慌てて止めた。これじゃ本当に小学生だ。精神年齢ならいくらでもサバをよめそう。

わたしの静止を振り切って、翠はウォーキング専用のコースに足から飛び込んだ。飛び込み行為も禁止されている。注意されたらどうしよう。足が滑って勢いがついてしまったとでも言おうか。どうしてわたしが悩まなきゃいけないのだ、と思いながら、翠を追ってコースに入る。

サバをよむよまないの問題だけじゃない。翠がどう生きてきたかは知らないけれど、普通に生活していたなら身につけるものをつけないまま、三十二歳まできてしまったんだろう。いろいろ苦労したとも言ってたけど、苦労から学ばないなら成長だってしない。

そりゃあ二十五歳にも見えるというものだ。容姿が整っているから、今は見かけで救われている。でも外見の美しさなんて永遠じゃない。どこかで大きな反動がくる。

無為な歳の取り方を、もったいないと思わないのだろうか。わたしだったらもう少し考えるのに。

「あのね、コーチはいないの。スクールに入るならその時間に申し込みをしなきゃいけないし、なによりビジターの人はスクールには入れない。施設を利用するだけ。それより歩いて。立ち止まったままじゃ迷惑でしょう」

「誰に迷惑？　このコース、あたしたち以外にいないじゃん」

「そういうものなの。水の中では歩くか泳ぐか。それがマナーでしょ」

「はいはい、動きますよ。その代わり、珊瑚が泳ぎを教えてよ」

「わたしが？　無理よ。全然うまくないもの。フォームだってちゃんとしてないし」

「前に進んでたじゃん、さっき」

「どうやったって進むでしょ。……て、もしかして泳げないの？」

翠が舌を出す。

「さっきから、泳ごう泳ごうって言ってたくせに。水着も持っていて、それで泳げないってどういうこと？」

「教えてってことだよ。水着くらいフツー持ってるっしょ、プールに誘われたら絶対に要るじゃん」

レジャープールに行くための水着ということか。古い水着のわけがわかった。機会がなくて買い替えていないのだ。

「ふーんだ。あたしは最初から泳げないけど、泳げるっていう珊瑚だって、さっき溺れてたじゃん。大きな顔しないでよね」

翠が水の表面を指で弾く。顔に水がかかった。

わたしは、翠に泳ぎを教えなきゃいけないんだろうか。つねづね人には優しく親切でありたいと思っている。でも翠は、図々しすぎないか。それともこれは、わたしの寛容さが世に試されているんだろうか。

「なによ。泳げないのがそんなに悪い？　あたし中学のときから泳げなかったよ。忘れたの？」

「忘れるでしょ。誰が泳げて誰が泳げなかったかなんて覚えてない」

答えながら、また思う。

その程度のことなら、忘れたっておかしくない。だけどあの修学旅行の夜、男を死なせてしまったことを忘れるなんてあるだろうか。

翠はどうして、わたしになにも言ってこないんだろう。

秘密を共有しているから？　わざわざ確認するほどでもないから？

「ま、そっか。あたしも誰が泳げる子だったか、ちゃんと覚えてないや。体育の担当の名前だって、二年と三年が混乱してる」

「山内先生と内山先生？　顔も似てたよね。どっちがどっちだったかな」

「珊瑚が忘れたなら、頭の悪いあたしが忘れてるの当然じゃん。あたし、一年単位でどんどん忘れてくし」

……忘れてる。

翠はあのことをすっかり忘れてる、なんてあるのだろうか。

普通はない。仮にも人がひとり、死んでいるのだ。だけどあれは事故として処理されたという。世の中には反省しない人や、自分のやったことを忘れてしまう人がたくさんいる。この間といい今日といい、翠の傍若無人な態度を見ていると、妙に納得してしまう。あー、事故でよかった、という程度ですませて記憶の彼方に追いやってしまったんじゃないか。

だいたい、ここまで無邪気にしていられるなんて、どう考えても変だ。

翠が忘れてしまった確率は、意外と高いかもしれない。翠が忘れているのなら、わたしがビクつくことはない。

少しは強く出てもいいんだろうか。

4

珊瑚が嫌がるだろうとは思ってた。

そりゃ、あたしだって嫌だ。デートだと思ってウキウキしてたら、友だちが代理でやってくるなんて。もしもデートのために時間の都合をつけたのなら、なおさら迷惑だろう。

だから先に連絡しなかった。兄上にも、あたしが連絡取るから仕事してなよ、って言っておいた。——断わられたら困るから。

「珊瑚。ねえ泳ぎ教えてよ。もしかしたらこの先、あたしたちタイタニック号に乗りあわせて、真冬の海に投げ出されるかもしれないじゃん？」

「乗らないから。それにタイタニック号はとっくの昔に沈んでる」

「は？　なにマジレスしてんの。冗談だし」

珊瑚が、一瞬、怖い顔で睨（にら）んできた。この間兄上と会ったときは、絶対にしなかった顔だ。女同士だからこそ緩んだガードかな。バイト先に来る客も、合コングループと同性同士のグループじゃ顔つきが違うしね。珊瑚も、兄上が思ってるほど、まじめないい子ちゃんじゃないみたい。ま、あたりまえか。

「わたし、そろそろ帰ろうと思ってたとこ。明日も仕事だし。翠さんはビジター入場だけど、入ってしまえば紹介者がいなくても追い出されないから、ゆっくり楽しんでいって」

「むちゃ言わないでよ。泳げないのにどうやって楽しむって？　ここ、バリバリやる気がある人ばっかじゃん」

「そんなことないよ。身体にいいことをしているという錯覚が欲しい人が大半だもん。わたしだってそう」

「どこが身体にいいこと？　水中で息するなんて、自然に反してる」

「魚類じゃないから。みんな、空気のあるところで息をします」

珊瑚はまたもやまじめくさったことを言い、じゃあね、とプールから上がる。あたしも慌ててプールの縁をよじ上った。

「待ってってば。じゃああたしも帰るよ。兄上と落ちあってごはん食べるつもりだったんでしょ。あたしもハラヘリ。一緒に食べよ」

どうして？　と珊瑚の顔に書いてあった。それでも大人の対応をしたいのか、笑顔を作る。

「先に軽く食べてきたの。泳ぐのには体力がいるでしょ。だからもう食事は必要ない」

嘘をつけ。さっきからお腹(なか)が鳴っているのを知っている。

「ならお茶だけでいいから。あたしは食べるけど、気にしなくていいよ。さあ、そうと決まったら行こ行こ。時間は有限。あ、兄上に店から連絡しようよ。残業終わってるかもしれないし。なんたって未来の姉妹だもん、仲良くしないと兄上も心配だよねぇ」

珊瑚は困った顔をしながらもついてきた。

計算どおりだ。珊瑚みたいにまじめなタイプは、正しい理由をつけて断わろうと考える。通りのいい理由がなきゃいけないと思い込んでいる。そんな相手には、強引に出れば勝てる。そしてなんてったってあたしは結婚相手の妹、小姑(こじゅうと)ってやつだ。機嫌を損ねないほうがいいと、珊瑚も知っている。

店は珊瑚が選んだ。女同士できゃっきゃしながら行くこじゃれたカフェを期待していたけど、普通にファミレスだった。あたしはそういうランクか、と思ったけど、あたしだって大人だから顔には出さない。

「じゃ、これにライスとサラダのセットつけてー、あ、ビール欲しいな。ライスいらないから、その分、セットから引いてくれない？」

あたしがメニューを見ながら言うと、ロボットのような店員が間髪いれずに答えた。

「お客様、そうしますとセットではなく単品ずつとなります。サラダは別途サラダバーをご利用ください」

ケチだなあ。だから女の店員は嫌なんだ。男の子だったらそういうとこ柔軟に対応してくれるんだけどな。あたしの魅力で。なーんて。

「じゃあそれでいい。ね、珊瑚もビール飲むでしょ」

「飲まないってば」

珊瑚はよほど意地っ張りなのか、リゾットを頼んでいた。もう、お腹いっぱいの演技はしなくていいのに。

そういえば珊瑚は昔から、一度決めたが最後、覆すってことをしない人だった。中学校のボランティア活動だっけ、河川敷を掃除するとかいうのがあったけど、珊瑚は自分が言いだしっぺだからって意固地になって一度もサボらなかった。フツーは褒められることだろうけど、風邪ひいて熱があってもその調子。文化祭の直前に学級閉鎖に追い込まれてクラス中がバタバタしたのは珊瑚が周囲の子にうつしたせいだと思う。ホント、頭がガチガチなんだから。

「わたしがアルコールに強くないこと、この間会ってわかったでしょう？　お気遣いはいらないから」

　店員が去ってから、珊瑚は言った。

「珊瑚ー、それやばい。あ、普通にやばいほうのやばいね。あんまりアルコールに弱い弱いって言いふらしちゃダメっしょ」

「どうして？」

「不埒（ふらち）なヤツが不埒なこと考えて、逆に酔わされるよ。これ、ジュースみたいなものだからだいじょうぶだよー、ふっふっふってな感じに」

　あたしの言葉に、珊瑚が少しだけ赤くなった。

「あれ？　もしかして身に覚え、あるのぉー？　やだ、兄上ったら古典的！」

「違います」

「それって、兄上じゃない人にってこと？」

「違うったら。身に覚えはありませんっていう意味！」

「いいのよぉー、いいの。子供じゃないんだから、いろいろあるよね。どんな相手かなんて聞かないからさ。いや、あたしもさ、いろいろあるワケ。まじ今、ちょっとまいっちゃってさー。ね、聞いてくれる？」

あたしは身を乗り出した。

これでやっと、目的の話に持っていくことができた。

「彼氏の愚痴？」

「そうなの。ホントさいあくぅ。理解できないっつーの。あいつったらさ——」

「待って。わたしにはもっと理解できないから。彼って、十八だか十九だかでしょう？　若すぎてイメージできないよ。共通の知りあいとか、居酒屋の同僚とか、もうちょっと近い世代の人と話して」

珊瑚が真顔で言う。ホントこいつ柔軟性ないわ。もう少しサービス精神ってものを発揮したらいいのに。

ってか、発揮しなくても生きてこられたのか。いわゆる大企業病ってやつ？　いや正確なところは知らないけど。でも会社が食べさせてくれるから、のほほーんとやっていけるってことだよね。

あたしなんて日々戦争だよ。誰も守ってくれないもん。もちろん土台がいいから、ほかの子よりちょっとは有利だけど。でも女からは嫉妬(しっと)される。困ったもんだ。

あたしは珊瑚の腕を摑んでゆすった。

「全拒否? やーん、それかんべんー。友だち甲斐ないな」

「……友だち甲斐って」

「学校の先生目指してたんでしょー。っと、それは別の子だっけ。でも家庭教師してたんでしょー。高校生くらいならキモチわかるじゃん」

「わからないよ。わたしが教えてたのは小学生」

「だからって、聞かずにシャットアウトする? わかるわからないは別にして、彼氏の愚痴や職場の愚痴で、ごはん食べながら盛り上がるってよくあるじゃん。でしょー?」

「盛り上がろうって言われても。わたしたち、この間会ったばかりだよ。たしかに同級生だったけど、それだけ……だよね?」

珊瑚が、探るような目で見てきた。

「それだけじゃないっしょ。義理の妹になるんだし、これから長いつきあいになるんだよ」

珊瑚は返事をしない。あたしの顔の皮膚を通り越し、なにか別のものを見ているかのようだった。

この間も、そんな変な顔をしてたときがあったっけ。

「あたし、同級生の友だち、いないんだよね。引越したし、こっちにきてからの学校の友だちは話が合わなくて縁切れちゃったし、今はほら、サバよんでるし。そういうわけで珊瑚を歓迎してるってこと。さ、飲もうよ」

あたしはやってきたビールを掲げた。

珊瑚の前にあるのは水だけど、こういうのはノリ。相変わらず貼りついたみたいな笑顔だけど、それも気にしないでおこう。

「仲良くしようよ。ね」

珊瑚のグラスに、あたし自身のグラスを合わせ、ぐいっと飲み干す。食事を運んできた店員に、次の一杯を頼む。

「で、話の続きね。言いたいことはいーっぱいあるんだけど、結論としては男と別れた」

「別れた？」

「ほーら、こういう話、好きっしょ。ガールズトークの黄金テーマだもん。だから聞いてほしいって言ったわけ。それがさー、あたしも変だとは思ってたんだけどさー」

あたしは話した。ひたすら話し続けた。珊瑚に言葉を挟ませることなく、席を立たせることなく。話しながら、ずっとチャンスを窺（うかが）っていた。どのタイミングで切り出そう。

今夜、泊めてくれない？　と。

本当は兄上を籠絡するつもりだった。だけど会う前に残業だと拒否された。だったらもう珊瑚しかいない。前の男には拒否られた。新しいカノジョができたらしい。あたしのほうがずっといい女だって言ってたくせに、だったら新しいのなんて放っておきゃいいのに、そういうわけにいかないと電話を切られて着信拒否。女友だちもつかまらない。スッピンを見せるのは危険だから、バイト先の子にはおいそれと頼めない。

「ってわけで、あたしは男のマンションから飛び出してきたの。だから――」

「ごめんなさい。そろそろタイムアップ。明日までに作らなきゃいけない資料もあるし、これで失礼させて」

珊瑚が立ち上がった。鞄の紐に手をかけている。

「ちょっと待って。話はこれから。これからが本題なんだよ」

「これからまだ本題が残ってるのなら、いっそう時間が足りないよ。今度聞くから。電車の時間も迫ってるし、明日朝、早いし。これ、多めに払っておくね」

言い訳くさいセリフを一気にまくし立て、珊瑚が駆けていった。テーブルの上に置かれた数枚の千円札は、あたしが食べた分も含まれているようだ。

わざとだろう。文句を言わせないようにだ。

あたしの狙いがバレたのだ。男の部屋に、正確には彼が親に借りてもらったマンションに転がり込んでいて、それで別れたという話をしているのだから、気づかれても不思議はない。だけど、だとしたら、察してくれてもいいはず。母君様のところに行くのは嫌なんだから。本当に本当に、嫌なのだ。

珊瑚ときたらすぐに逃げる。……あたしはだんだん思いだしてきた。そう。昔からそういうヤツなのだ。

5

いつもの時間に出社すると、課長に呼ばれた。

「八木くん。友菱地所の阿曽(あそ)さんが、ご自宅のキッチンをリフォームしたいそうだ。行ってくれないか」

友菱地所は、わたしが勤める住宅設備会社の親会社だ。不動産開発全般を手がけ、住宅に関するさまざまな仕事がそこからグループ各社に下りてくる。阿曽課長とは、以前、とある分譲マンションの仕事で一緒になった。エンドユーザーからは仕事のパートナーに見えるかもしれないが、うちからはお得意様の位置づけだ。

「どうしてわたしなんでしょう。わたしは戸別の販売には関わってませんし、デザイナーやコーディネイターではないから、お役に立てるとは思えません」

「ご指名なんだよ、阿曽さんからの。というより、奥様のかな。知らない人にキッチンを見られるのは嫌だそうだ」

課長が拝むような目でこちらを見てくる。絶対に、部下を拝みはしない人なのに。

「お気持ちはわからないでもないですが、わたしのことを知っている人とおっしゃられても……。阿曽課長をよりご存じの方が、うちには大勢いますよね」

「息子さんの家庭教師をしたことがあるって聞いたよ。つきあいは深いんだろ」

じゃあ、と自社カタログをわざわざ手渡された。同じものが棚にいくらでもあるのにだ。

周囲を見回すと、みな、顔を伏せてしまった。仕事を貰うのはありがたいが、親会社の社員の個人的なお願いごとは、誰にとっても面倒なのだ。でもそれ以上に、わたしにとっては厄介だ。

厄介にしたのは、わたし自身だけど。

午後四時に、阿曽課長の自宅を訪ねることになった。仕事を抜けてくる阿曽課長と、百合子夫人のふたりが待っているという。

どちらか一方だけと会うのは、怖かった。

阿曽課長と会うのは、気が重い。かつて不倫という関係だったから。

つきあっていたのは、三年ほど前のことだ。仕事で一緒になり、目をかけてもらった。阿曽課長は自宅に仕事関係者を呼ぶのが好きな人だ。わたしだけでなく何人もが一緒に訪問した。そのとき小学生だったお子さん、真哉(しんや)の宿題をみたのがきっかけで、真哉に気にいられた。懐(なつ)かれたといったほうがいいかもしれない。仕事にプラスになるとか、入社面接で家庭教師の経験があるって話をしてたよねとか、周りにけしかけられ持ち上げられ、週に一度、勉強を教えることになった。会社公認のアルバイトだ。

怪しくなったのは、当時つきあっていた男のことを相談してからだ。

婚約はしたものの、それを決めたころから、生き方や考え方の違いが見えてきた。結婚後はわたしに仕事をセーブするよう頼みながら、自分の勤める会社が傾くと残業を増やして収入を上げてほしいと言う。転職活動に行き詰まると、資格取得の勉強に専念するため会社を辞めたいので、その間を支えてくれと言う。

そこまではいい。もともと仕事にセーブをかける気などなかったからだ。けれど、将来資格を得て収入が増加したら仕事は辞めさせてやる、楽なアルバイトでもすればいいなどと言い、互いの家族に吹聴した。わたしの意思を無視して、いや聞こうともせず勝手にだ。冗談じゃないと喧嘩になった。いっそ別れたいとも思った。けれどこのタイミングで別れれば、失業した男を見捨てることになる。それにはためらいがあった。頼ってくる相手を切り捨てるなんて、人としてどうかと思ったのだ。

愚痴を聞いてもらうだけのつもりが、回を重ねるうちに身体を重ねることになった。婚約していた男とは別れた。人生のパートナーとして相手を見られなくなったからだ。けれど阿曽課長という比較の対象ができてしまったのも、理由のひとつかもしれない。阿曽課長は、わたしをきちんと受け止めてくれる人だった。わたしに話したいだけ話させてから、アドバイスをくれる。わたしの仕事ぶりも見てくれた。目立つふるまいはしないが丁寧に仕事をする、安心感があると、そんな評価ももらった。わたしが一番欲しい言葉だった。婚約者よりも、わたしを尊重してくれた。

だから百合子夫人と会うのは、気がひける。

阿曽課長と逢うようになったからといって、すぐに家庭教師を辞めるわけにはいかない。わたしはビクビクしながらも家を訪ねた。百合子は繊細なほうで、決して鈍くはなかったけれど、幸いなにも気づかず、わたしを歓待してくれた。

それが重なると不思議にも、気持ちが大胆になっていった。なにも知らない百合子より、自分のほうが優位に立っている気がしていた。百合子の身体が弱く、たまに寝込むのも、勝(まさ)

っているかのような感覚に拍車をかけた。わたしは次第に、胸を張って阿曽課長の家を訪ねるようになった。百合子に取って代わってやってもいいのだと思いながら、家では真哉に勉強を教え、外では阿曽課長と逢った。

頭では、いけないことだとわかっていた。

わたしに取って代わる気持ちがあろうとも、阿曽課長にはない、それはうっすらと感じていた。三十歳も近い。そんな歳で実にならない恋愛に翻弄されようものなら、どれだけのものを犠牲にすることか。

そんなころ、仕事で小さなミスをした。これが潮時だ。そう思った。

十五歳のときの事件を思いだした。わたしはまた、まずい方向に進みかけている。あのとき無傷でいられたのは、普段のわたしが正しい行動をしていたからだ。まじめにコツコツと信頼を積み上げていたからだ。

だから信用される。わたしが間違うことはないと思われているから、周囲から引き立ててももらえる。

会社の人間だけじゃない。もしも運命を動かす神がいるなら、わたしはその神からも信用されているはず。

小さなミスは警告だ。

道を間違うなという、天からのお告げだ。早く撤退したほうがいい。

心を決めて阿曽課長に告げた。秘密の関係をやめたいと切り出すと、拍子抜けするほどあっさりと阿曽課長はうなずいた。これが大人の関係なのかと、妙に感心したことを覚えている。

阿曽課長の家は、凝った造りだ。開口部が内側にある。道路や隣の家に接する部分にはほとんど窓がないのだが、断熱と遮音に気を配った大きな窓が、家の内側に向けて広がっているのだ。その中庭には、雑多に植えられているようでいて高さや色の調和した草花が育っていた。植物の自然な姿をそのまま生かすイングリッシュガーデン風なのだと、以前教わったっけ。

そんな手のかかった庭を二面で抱きかかえるリビングダイニングに迎えられる。

「この対面式のキッチンを、アイランド式にしたいと思ってるの。どうかしら?」

百合子が話しかけてきた。阿曽課長は少し離れたところで腕を組みながら立っている。話に参加するつもりはないのか、台所は女の城だから詳しくは百合子が説明するよと言ったきりだ。ちなみにアイランド式というのは、文字どおり、流しやレンジ台などのキッチン部分が島のように独立して壁に接しておらず、周囲をぐるりと回ることのできる形式だ。

「配管周りを確認しないといけませんが、だいじょうぶでしょう。でも今のもの、綺麗にお使いだと思いますよ。レンジ台はＩＨで、換気扇は自動で掃除するタイプ。もったいないんじゃないですか？」

　わたしの問いに、百合子は眉をひそめた。

「だってほかの人が好きに使ったんだもの。少しくらいならかまわないのよ。アイランド式にするのだって、ホームパーティに便利だと思うからだし。でもわたくしがいない間にいろいろ荒らされてしまったの。そのままにしたくないわ」

「どういうことですか？」

「去年の夏、暑かったでしょう。かと思ったら、冬は寒いし。あれで体調を崩しちゃって何度か入院したの。その間にひどい目に遭ったのよ。本当にひどい目に」

百合子がしきりと二の腕を掻いた。痒いのか、なにかをこそげ落とそうとしているのか、しばらく止まらない。阿曽課長が後を引き取って話しだす。

「私の姉が、百合子の入院中にうちの面倒を見てくれたんだ。そのときに少し、レンジ台の天板を焦がされてね」

「聞いてちょうだい。真哉に食べられないものがあることを責められたの。だけどアレルギーのせいなのよ。わたくしが甘やかしたわけじゃないわ。それをあてこすって、さも教えてやるといわんばかりに料理や生活についてあれこれ押しつけてきて」

二の腕を掻いていた百合子の指は、話をしているうちに下がっていき、今は手の甲で往復する。赤い線が白い肌に浮かびあがっていた。

「やめなさい。そんなことを八木くんに言っても仕方ないだろう」

「たしかにわたくしは身体が弱いし役立たずかもしれないわ。真哉のアレルギーもわたくしに原因があるのかもしれない。でも真哉が言っていたけれど、あの人に作ってもらった料理はどれも美味しくなかったらしいの。それを真哉に指摘されたから気に障ったのでしょう、わざと焦がしていったのよ。仕返しをされたの。どちらのほうが幼稚なのよ。しかもあの人ったら――」

「やめなさい！」

阿曽課長の一喝で、百合子が我に返ったように黙った。指の動きも止まり、わたしはほっとする。

「……ごめんなさい。えーっとなんだったかしら。とにかく気分を一新したいの。以前から、使い勝手よく変えたいと話はしていたの。だから贅沢ではないでしょう？　いい機会だと思ってるの」

わかるでしょうとばかりに百合子がほほえみかけてきた。

うなずき返した。阿曽課長は微妙な表情をしていたが、わたしが口を出す問題ではない。

百合子はキッチンに対する希望をいくつか述べた。メモを取り、さらに質問を重ねる。すべての要望を聞いておきたかった。気の重いことは一度でいい。

インターフォンが鳴り、百合子がキッチンを出ていく。わたしは阿曽課長と目を合わさないようにしていた。

「八木先生？」

扉が開いて、百合子とともに制服の少年が入ってきた。わたしが勉強を教えていた真哉だ。大人っぽくなっている。

「こんにちは。ずいぶん背が伸びたのね。もう中学二年生……だよね」

「ええ、でも前から数えたほうが早いのよ」

真哉の代わりに百合子が答えた。真哉は恥ずかしげにうつむいている。

「そろそろ夕食の準備をはじめなくちゃね。八木さんも一緒にどうかしら。久しぶりだし、ご馳走を作るわ」

「すみません。このあと会社に戻らなくてはいけませんので」

嘘だ。彼らと卓を囲む神経など、わたしは持ちあわせていない。

翠だったらどうだろう、と一瞬考えた。翠なら、ひけ目はとりあえず置いておいて、ご馳走にありつくことだろう。

いやもう、ひけ目の理由さえ忘れているんじゃないだろうか。十七年前のことを記憶の彼方に追いやったように。羨ましいほど得な性格だ。わたしには真似できない。

「ではご希望に沿ったプランでいくつか作ってみます。お持ちしたカタログにないものでも結構です。なにか気になることがありましたらご連絡ください」

わたしの言葉に百合子がうなずく。真哉が百合子を見やった。

「八木先生が、新しい家庭教師なんじゃないの？」

「違うわよ。先生はお仕事でいらしたの。真哉さんの先生は今までどおりよ」

「そう……。僕、八木先生のほうがわかりやすかったんだけど」

真哉がまっすぐにわたしを見てくる。真哉は気が弱いところもあるけれど、自分の中で好き嫌いをはっきり決めている子だった。わたしに対しては素直で、いい関係を保てていたと思う。わたしが出した課題はきちんとこなし、成績もわたしが教えるようになってから伸びた。中学受験の準備を本格化するということで、専門の家庭教師に代わったけれど。

「ありがとう。でももう、中学校の勉強にはついていけないから」

「なに言ってるの、中学だよ。八木先生、高校も大学も卒業しているんでしょう？」

習っていても教えられるわけではないし、教えるには相応の準備が必要なのだが、真哉にはわからないのだろう。何度も「だけど」と繰りかえしていた。慕われれば自尊心もくすぐられるが、一方で、気重だった。なんの疑いも持っていない無垢な表情が突き刺さる。

三人の笑顔に囲まれるのは居心地が悪い。わざと腕時計をたしかめ、仕事が残っていると告げて阿曽課長の家を後にした。

駅へと向かう。仕事は残っていないけど、引越しの作業はまだ途中だ。

と、後ろから声がした。

「ケーキを頼まれてね。そこまで一緒に行こう」

阿曽課長に明るく言われた。

「それはお疲れ様です。食後のデザートですか？」

無視するわけにはいかないが、せめて、とわたしは足を速めた。

「まさに家庭教師が来るんだよ、真哉のね。家庭教師にメシを食べてもらったりお菓子を出したりなんて、ちょっと古いよね。でも百合子はそういうのが好きなんだ」

「そうですか」

としか答えようがない。顔もひきつっているような気がする。

「百合子は先生のご機嫌を取ってるんだけど、真哉は気にいってないようでね。紹介センターによると、優秀な先生らしいんだが」

「そうですか。相性もありますものね」

かつて真哉は、担任に怒られたという理由で、宿題を無視し続けたことがあった。中学生にもなればそんな意固地は通らないだろうけど。

「真哉と君の相性はよかったよね。勉強はともかく、話し相手になってくれないかな」

阿曽課長がわたしの前方へと回り込んでくる。

「それはちょっと。今あまり時間がないんです。仕事も忙しいし、プライベートはなお忙しいし」

「君は優秀だから、いろいろと任されているんだろうね。真哉は学校のことでも悩んでいるようなんだが、それを私たち親には言ってくれないんだ。反抗期っていうのかな、特に私には厳しくてね。そんなこんなで、私もこのところ気苦労が絶えないんだよ。ほら、指輪も回るくらいだ」

阿曽課長が左手を出してみせた。たしかに痩せたように思う。でもそれをわざわざ告げるなんて、どういうつもりなんだろう。

「だからわたしが、というのも。わたしがしゃしゃり出ることではないと思います。それに、プライベートが忙しいというのは、あの、結婚するんです」

わたしは胸を張った。なんの疚しさもなければ、もっと誇らしい気分になっただろう。でも意志の力で阿曽課長と別れて正しい道を歩き直した自分は、立派だと思う。

「聞いてるよ。おめでとう」

「そう、でしたか。聞いていらっしゃるなら、真哉くんの家庭教師だなんて、難しいことをおっしゃらないでいただきたいです」

阿曽課長がにっこりと笑う。

「難しいか、残念だな。じゃあ、それは無理にしても、今度結婚祝いをしよう。美味しいものをなにか……、リフォームのことでも手間をかけるし」

「手間だなんて。仕事ですから。精一杯のことをいたします」

「うん、仕事ね、本当は直接依頼がしたくて君に電話をしたんだよ。でも番号が変わっていたみたいだね。また連絡をする用もでてくるから、新しい番号を教えてくれないかな」

阿曽課長がポケットからスマホを取りだし、わたしのほうに突き出してくる。

「……会社にご連絡くだされればいいと思います」

「なにかと不便だろう。すぐに連絡を取りたい場合がある」

「すぐ折りかえしますから」

笑顔のままで、阿曽課長が一歩、二歩と寄ってくる。

またわたしが、ぐらぐらと結婚を迷っているとでも思っているのだろうか。まさかまた、同じような行動をとるとでも。

冗談じゃない。わたしは同じ間違いを犯す人間じゃない。

6

邪魔なのはあたし？　それとも母君様？

珊瑚と兄上の新居になるマンションで、あたしは母君様とふたりで掃除機を取りあっていた。

「すみません。掃除は昨夜(ゆうべ)のうちに済ませているんです。今日は荷物を運び込むだけで」

珊瑚が頭を下げる。礼を向けているのは母君様に対してだけ、みたいに見えるけど。

今日は珊瑚の引越しの手伝いだ。梅雨(つゆ)に入ったからか雨が多かったけど、誰の行ないがいいのかまずまずの空模様だ。

「まあさすがね。準備に怠りがないわ。じゃあ、力仕事をがんばらなくちゃ」

エプロンのポケットから軍手を取り出して、母君様が言う。兄上が即座に首を横に振った。

「引越し業者さんに任せてるから、手を出してもらわなくていいんだ。いや、出さないでくれよ。また腰が痛くなっても困るし」

「あら、私の仕事がデスクワークだからって甘く見ないでほしいわね。段ボールに入った書類なんてとても重いんだから。今どきの若い子は嫌がってやらないのよね。爪を傷つけるとかなんとか言って」

　あたしをちらちら見ながら、母君様が笑う。

　たしかに今日のあたしの爪は豹柄だ。でもストーンは付いていないし、掃除はともかく力仕事なんてする気はないから、心配ご無用。だいたい若い子が嫌がっているのは段ボールの移動じゃなく、パートなのにお局（つぼね）ぶっている母君様じゃないの？　還暦もとっくに過ぎてるんだから、無駄に元気なふりをするのはやめりゃいいのに。

「腰痛ですか？　無理なさらずに座っていてくださいね」

　珊瑚が、リビングにぽつりと置かれたソファを手で示した。新しく買ったという、オフホワイトの革張りだ。おしゃれだな。隣には、小さなサイドテーブルまで置かれている。天板が丸くて足は一本で、ティーセットとデザートが置ける程度のサイズ。これって大理石じゃない？　高そう。

「平気よ、平気。もう治ってるのよ」

　母君様が座らないならあたしが座りたい。なにもせず、ただ待ってるのはかったるい。引越し業者が来るのは何時だろう。

「トラック、珊瑚と一緒に前の部屋を出たんだよね。まだ着かねーの？　遅くね？」

そう訊ねると母君様が、またそんな言葉遣いを、と睨んできた。うっさいな。

「わたしは電車で来たんです。車はどうしても渋滞するから。……あ、来たみたい」

珊瑚のスマホが鳴った。トラックが着いたようだ。母君様がすぐさま扉を開け、外廊下に出て手を振る。しばらくするとジャンパー姿のスタッフがやってきて、壁に養生シートを貼りだした。

「今日はよろしくお願いしますねー」

母君様の大声が響きわたる。

「珊瑚、先に言っとくけど、テンション高くて大変だよ、あいつ」

あたしが玄関を顎で示すと、兄上がため息をついた。

「翠は反発しているだけなんだ。お袋は扱いづらい人じゃないよ。珊瑚、安心してくれ」

「だいじょうぶ。征市のお母さんだから、きっと仲良くなれると思う」

珊瑚が笑顔で応じる。

「あらあ。なんて優等生のお答えかしらぁ。母君様もさぞお喜びのことでしょうね。まじめないい子ちゃんがお嫁に来てくれて。今朝も早くから大興奮だったし」

いいかげんにしろ、と兄上が言う。実の親である兄上ならスルーできることでも、あたしにはスルーできない。昨日も、帰りが遅いの一緒に暮らす家族のことを考えなさいのと小一時間も説教をされた。身を犠牲にして心配してやっているという態度がムカつくのだ。文句を言ってる暇があればさっさと寝ればいいのに。

男の部屋を追い出されたあたしは、実家に戻るしかなかった。

実家といっても、血のつながりのない母君様が暮らす家だし、賃貸だから、自分の居場所という実感はない。つまり居候、あたしに帰る家はないのだ。

「翠さんはなぜそんなにお母さんに反発してるの？　なにかあった？」

珊瑚の目の奥に、不安が覗いていた。

「なにもないよ。基本的にはいい人じゃない？　ただ単体ならよくても、あたしと一緒にいると化学反応起こすんだよ」

今までのあたしの苦労を説明しようとしたところで、母君様の騒ぐ声がした。

「違う違う、それは違いますよ！」

「どうなさったんですか、お母さん」

珊瑚が廊下に出ていく。兄上が追った。

「順番が違うのよ。最初に入れるのは鏡台でしょう。それがお嫁入りのルールなのに、作業員の子たち、男の子だから知らないのよ」

「ルール？」

「ご存じないの？　鏡台は女性の魂が宿るのよ。悪いものを跳ね返してくれるの。だからまず最初に家に入れるものなの」

兄上をちらりと見ながら、珊瑚が困ったように口を開く。

「鏡台は買ってないんです。鏡なら備え付けがありますし」

「あら、そうなの？　まあ最近は簡素になってるものかもしれないわね。じゃあ仕方ないわ。裁縫箱を持ってきて。これを最初に入れるという説もあるのよ」

「裁縫箱も、……買ってないんですが」

母君様が眉をひそめた。だが、それも一瞬で、すぐに笑顔になって話しだす。

「まあごめんなさい。年寄りがいろいろ言ってしまって。——あ、みなさん、運んでいただいて結構よ」

大きく手を振って、母君様が引越し業者のスタッフを呼んだ。

珊瑚が頭を下げ、申し訳ありませんと謝っている。母君様が、いいのよと答えている。不穏な空気、到来か？　ちょっと面白そう。……と、あらら。ふたりとも笑顔で治まっちゃったよ。でも母君様のことだから、後でぐちぐちうるさいに違いない。

スタッフががんばっているので、あたしたちにやることはない。母君様は外廊下に出て、ちゃんと持ってだの、気をつけてだの、邪魔としか思えない声をかけている。

あたしは珊瑚の袖を引っぱった。

「気にすることないよ。あいつ、古い知識をひけらかすのが好きなんだ」

「特に気にしていないけど」

珊瑚の返事は、どこか面倒そうだった。

「あっそ。でもちょっとは気にかけておかないと、あとでひどい目に遭うよ」

「そのくらいわかってる」

こちらを見ることもせず、珊瑚はスタッフに指示をしにいった。

なにあの態度。ひとが親切で言ってるのに。母君様の根に持つ性格は知っておくべきだよ。ま、こないだのプールの一件からみて、珊瑚も意外とキツそうだけど。

怖い怖い、と思いながら、あたしはあれこれとチェックをする。マンションの入り口がオートロックじゃないのはマイナスだけど、ほかは合格。南向き十階建ての六階で、ベランダからの眺めもなかなかいい部屋だ。玄関は北側で、入ってすぐに廊下があり、リビングまで一直線に伸びている。リビングの隣には大きめの洋室があって、こちらもベランダに面した明るい部屋。ダブルベッドが入れられている。うわ、いやらしい。リビングの扉から、廊下にちょっと戻る。両側にはいくつかの扉、片側に風呂とトイレ、そして反対側にもうひとつ洋室があった。中身の入っていない棚が壁際に置かれているだけでまだなにもない。兄上が机でも入れるのだろうか。書斎にするのによさそうな広さだもんね。——悪くない。

またどやどやと、スタッフの声がした。早くも撤退作業に入ったらしく、壁の養生シートを剝がしていく。ロール状に巻かれたシートとともに、スタッフも消えた。

「さあ、ここからが本番ね。荷物を運ぶのも大変だけど、ものをそれぞれの場所に収めていくのが一番面倒なのよね。どれからやりましょうか」

母君様は腕まくりでもしそうな勢いだ。

「だいたいのものは、引越しパックでやってもらっているよ」

兄上が辺りを見回しながら言う。食器棚にはすでにコップや皿が入っていた。なるほどこれがプロかと感心する。

「じゃあそちらの部屋はどうかしら？　タンスの中身までは出してもらってないでしょう。作業員は男の子ばかりだったしねぇ」

母君様が、ベッドの入った部屋に移ろうとする。珊瑚が手を横に振った。

「あまり量もないし、自分でできそうですから」

「みんなでやったほうが早いわよ。さっさと片付けちゃいましょう」

母君様は張り切る。

「珊瑚は遠まわしに断わったんだと思うんだけどー。やめなよ、下着とかあるんじゃない？」

あたしが言うと、母君様がおおげさに顔を歪めた。

「なに言ってるの。女同士だからいいでしょう。これから娘になるのよ」

「学習しない人だねー。娘だの母親だの言って、あたしにもぐいぐい介入してきたよね。まじ、うざい」

「翠、あなた、僻(ひが)むのもいいかげんになさい。あなたが結婚できないのはあなたの責任でしょう」

「は？　どっからそういう話の展開になるわけ？」

相変わらず、自分の考えに持ちこむのが好きな人だ。まるで関係のない話を無理につなげないでほしい。

「言葉遣いは乱暴だし落ち着きはないし、やってる仕事は十も若い子と同じ。天国であなたのお父さんになんて謝ったらいいのか、今から頭が痛いわ」

「またそれ？　しつこいよ。謝る必要ないっつーの。だいたい会えるわけないっしょ。天国なんて、あるかないかわかんないのに」

「翠！　お父さんみたいないい人が天国に行かないわけないでしょ！」

「そういう意味じゃない！」

「いいかげんにしろよ、ふたりとも」

兄上が慌てて止めてきた。

「だって征市。翠ったら、私のこといつまでも母親だと認めてくれないのよ」

「この歳で認めるも認めないもないじゃん。なんで今さら母親ヅラしたいのさ」

「やめてくれよ、ふたりして。今日は引越しの手伝いに来てくれたんじゃないのか。なんでそう、寄ると触ると喧嘩になるんだよ。子供みたいだ」

兄上が珊瑚を見やる。珊瑚は苦笑している。兄上が続けた。

「放っておけばだいじょうぶだから。お袋も翠も、距離を保っていればまったく問題はないんだ。僕らに迷惑がかかることはないから安心して」

「迷惑だなんて、そんなこと考えてないよ」

珊瑚はいい子ちゃんぶっているけど、あの母君様を迷惑に思わない人間なんていない。

「ほらご覧。征市、珊瑚さんに笑われるわよ。親に向かって迷惑だなんて。私だって翠と喧嘩をする気なんてないわよ。久しぶりに一緒に暮らしたから、いろいろ気になっただけよ」

ふう、と兄上が息をついた。あたしに視線を向けてくる。

「翠、おまえ自分で部屋を借りてたんじゃなかったのか。どうして年下の男の部屋なんかに転がり込むことになったんだよ」

「家賃が払えなくなった」

「そうなる前にやるべきことがあっただろ。生活を見直してみるとか」

しょうがないじゃないか。もともとバイト代が安いのだ。それでも母君様と一緒に住むのは嫌だから、ひとりでがんばってきた。兄上も母君様も、どうしてあたしばかり責めるんだ。できる限りのことはやってる。それでも大変なのはあたしのせいじゃない。時代が悪いのだ。

「しばらく大人しくして、お金貯めるよ。兄上のおっしゃるとおり、生活は徐々に立て直していくから」

ぜひそうすべきだ、と兄上がうなずく。珊瑚も追随するように顎を引いた。

「じゃあそういうわけで、あの北側の部屋貸してね。棚しか入ってないからちょうどいいよね」

え？　と兄上と珊瑚が頭を上げた。

あたしは先に立って廊下を進み、扉を開ける。

「ここのこと。家具はこのままでいいよ。布団だけ持ってくる。床はじゅうたん張りだからなんとかなるっしょ」

「なにを言ってるんだ。僕と珊瑚はこれから結婚するんだぞ」

「ふたりの寝室は南側じゃん。あたしの部屋は北側。リビングが間に挟まってるし、扉だって、寝室とリビングの間、リビングと廊下の間、廊下とあたしの部屋の間、って三つもあるよ。これだけ遠かったら迷惑はかかんない。なるべく早く出ていくようにするし」

「そういう問題じゃない」

兄上の言葉に、母君様が被せてくる。

「待ちなさい、翠。あなたと征市は義理の仲なのよ。他人が新婚家庭に入りこむなんてどうかしてるわ」

「うざ。さっき珊瑚は娘になるって言ったじゃん。こういうときだけ義理とか持ちだすんだ。勝手な理屈。でも珊瑚は昔からの友だちだから他人じゃないもん。ねー、珊瑚」

珊瑚の表情が固まっている。

「それは、ちょっと。不動産屋さんにだって、ふたりで住むって言ってて、鍵も二本しか貰ってないし」

「頑固いなあ。業者なんてどうにでもごまかせるじゃん。ねえ、兄上。母君様と距離を置いたほうがいいんだよね？　そうすれば珊瑚に迷惑をかけることもないんだよね？　言ったよね、さっき」

「言ったけど、それはうちに来てもいいって意味じゃない」

兄上が、細かく首を横に振る。

あたしは無視して、珊瑚の腕を摑んだ。

「ねえ、珊瑚。あんたはあたしのこと助けてくれるはずだよね」

「……どうして、わたしが」

「忘れちゃったの？　あたしがあんたを助けたことを。……昔、十五歳のころにさ。いろいろあったよね、珊瑚。いろいろ」

珊瑚の顔が、驚くくらい青くなった。

7

翠と同居して一週間が過ぎた。

予想どおりの行動というか、予想を超えているというか、ため息の出ることばかり続いている。

今朝もそうだ。起きて洗面所に行くと、どこか生暖かかった。水がちろちろと出たままで、床には歯磨き粉と歯ブラシが散らばっている。翠のものだけでなく、わたしや征市のものもだ。バスルームの扉を押し開けると、こもった空気が顔へとまとわりついた。バスタブには湯が残り、なのに蓋が外され、換気扇さえ回っていない。暖かいのはそのせいだったのだ。鏡は曇り、壁に水滴が垂れている。

わたしは翠を呼んだ。返事がない。

「ちょっと、翠さん。聞こえてるの?」

翠の部屋、いや征市の書斎に入ると、翠は向こうをむいたまま高いびきだ。起こそうと体を揺すったら、翠は寝返りを打った。ぎょっとした。顔がまだら模様だ。ファンデーションの一部が落ち、一部は残り、アイメイクの滓がこめかみに流れている。鼻の横に貼りついているのはつけまつげだ。

「起きて。どうなってるの、あの洗面所。めちゃくちゃじゃない」

「るさいな。何時だよ」

「七時。ねえ、使ったら後始末くらい——」

「はあ? 七時? ありえない! 朝ごはんはいらないって言ったよね。あたしは寝たばかりなんだよ」

布団を被って再び眠ろうとするので、征市の力を借りることにした。征市もしばらく寝ぼけていたが、洗面所を見るとため息をついた。

「翠、いいかげんにしないと叩き出すぞ」

征市が腕を取って洗面所に引っぱっていくと、さすがの翠もバツの悪そうな顔をした。

「酔っててさ。悪ぃ悪ぃ。後で片付けておくよ」

「後じゃなくて今やって。ここのバスルーム、窓がないのよ。換気扇回さず放っておいたらカビちゃうじゃない。それでなくても梅雨時は湿気が多いのに」

わたしは鏡に飛び散った石鹸の曇りを指さした。石鹸カスはカビの養分になるのだ。

「今度から気をつけるって。まだ眠いんだよ。起きてからやるから。だいたい、珊瑚だって会社に行かなきゃいけないんじゃね？　騒いでないで出かければ？」

「こっちだって朝から怒りたくない。同居するならちゃんと生活してよ」

「怒ってくれなんて頼んでないしー。賃貸なんだから多少カビたっていいじゃん。死にやしないって」

「死ぬよ。カビでアレルギー性の肺炎を起こすことだってあるんだから」

「まーた、話を極端にしちゃって」

「ふたりともやめろ！」

征市が止めてくる。

「珊瑚、時間がなくなるから怒りを鎮めろよ。翠、鏡を見てみろ。起きる気になるから」

鏡で自分の顔を確認した翠が、うわー、と叫んだ。叫びたいのはこっち。一事が万事、この調子だ。冷蔵庫のものは勝手に食べて補充をしない。リビングでテレビを見た後は、リモコンが行方不明。

部屋にいる時間が違うから顔を合わすことは少ない、迷惑をかけることもないと、最初に言っていたのはなんだったのか。いや、信用したのが間違いだった。

翠との同居を許可せざるをえなくなったとき、本当にいいのかと征市からも彼の母親からも何度も念を押された。わたしは黙ってうなずくしかなかった。

忘れっぽいとか、バカだとか言って油断させておいて、翠はしっかりあのときのことを覚えていたのだ。そしてわたしを脅した。

ただ、翠はわかっているのだろうか。翠がわたしに対して使った爆弾は、下手に使おうものなら翠自身をも滅ぼすということを。

翠は、十五歳のころにわたしを助けたと言ったけれど、わたしこそが翠を助けたのだ。あの男から逃げようと最初に行動を起こしたのはわたし、感謝してもらいたい。わたしたちと事件との関わりが他人に知られなかったのも、普段のわたしの行ないがよかったからだ。学業に精を出し、ボランティアに励むわたしだからこそ、運命に見捨てられずに済んだ。

翠に言っても鼻で笑うだろうことだ。でもそれが証拠に、征市も彼の母親もわたしに同情していた。翠が昔、わたしをどう助けたかなんて問わぬまま、学生同士のつきあいをおおげさに語っているると思っているようだ。

優しいわたしが困っている翠に手を差しのべている、ふたりはそう受け取っていた。わたしは信頼されているのだから当然だ。

でも翠が目の前にいるという現実は変わらない。わたしは鏡越しに翠を見た。化粧を洗い落とした翠は、やっぱり三十過ぎに見える。だらしない生活を続けると、肌にも影響するのだ。わたしも気をつけなきゃ。

「ちゃんと掃除をしておいてよ。帰ってもそのままだったら出ていってもらうから」

はーいはい、と小馬鹿にしたような声が返ってくる。

翠の喋り方も笑い方も、どうにも癇に障る。

ストレスを抱えながらの仕事はミスとの闘いだ。それでもなんとか、やるべきことを終えた。気晴らしにスポーツクラブのプールで泳いでこよう。身体の健康にも、精神の健康にも役立つはずだ。ひいては若さを保つことにもつながる。間近に迫ってきた沖縄旅行に向けて、気分を盛り上げるのもいい。水の中で目を瞑れば、リゾートホテルのプールにいるかのような錯覚もでき……ちょっとむなしいか。いや、そんなことはない。予行演習だ。

わたしは終業時間とともにパソコンを片付け、会社を後にした。小雨の降る中、駅へと急ぐ。

鞄の中、スマホに着信音が鳴った。

「八木くん、私だよ」

阿曽課長の声だった。驚いてスマホを見直す。登録していない番号だ。反射的に電話に出てしまったことを後悔した。

「どうしてこの番号を……。用があるなら会社にって」

「最初は会社にかけたんだよ、君の言うとおりに。そしたら、もう帰ったって言って教えてくれたんだ」

しまった。どうして口止めしておかなかったんだろう。でも、そんなことを部署の人にお願いしたら怪しまれてしまう。

「聞こえてるかな、八木くん。今日この後、予定はあいている？」

「すみません、用があります。リフォームの件は、明日こちらからご連絡します」

電話の向こうで、苦笑するような声が聞こえた。

「そんなに警戒しなくても。別によりを戻そうと思って電話をしたわけじゃないよ。ちょっと相談したいことがあってね。真哉のことなんだ」

「真哉くん？　どうかしたんですか」

「悩みがあるみたいなんだ。この間も言ったろ。年頃だからしょうがないんだろうけど、私たちにはなかなか気持ちを開いてくれなくてね」

阿曽課長が言葉を切った。沈黙が流れる。同意を求めているかのようだ。

「普通に……見えましたけど」

「そうかな。君が来たから装っていただけだと思うよ。このところ、真哉は不機嫌でね。話しかけても無視される。そのくせ本人の望む答えが返ってこないとすぐ怒るんだ。でも、真哉は君のことをいい先生だと言っていたし、笑顔も見せていた。君ならいろんな話ができるんじゃないかと思ってね。協力してくれないか」

「わたしには無理です」

「そんなこと言わないで。息子の力になりたいんだ」

阿曽課長が押してくる。力を貸してくれと言われると弱い。最近、翠のことでキリキリしていて、他人に優しくなかった。なにより慕ってくれていた真哉のことだ。気にかかる。

でも、阿曽課長とはこれ以上接触しないほうがいい。

「荷が重すぎます。学校の先生か誰か、専門家にお任せしてください。わたしは、阿曽課長とは仕事以外のおつきあいをするつもりはないんです」

事務的に答え、電話を切った。

スマホを見ながら、ほかに言いようがなかっただろうかとしばらく悩み、けれどそのまま鞄に戻した。

泳ぐ気も失せてしまった。今度でいいやと思う。

スポーツクラブに頻繁に通っていたのは、阿曽課長とつきあっていたころだ。みんな身体にいいことをしているという錯覚が欲しいだけ、そう話してくれたのは阿曽課長だ。あれから彼は来ていないようだけど、今日は会ってしまう気がした。

その夜、宅配便で大きな箱が届いた。征市の母親からだ。彼の追加の荷物かと思ったが、わたし宛だ。訝(いぶか)りながらも開けてみると、木製の箱が出てきた。下半分が二段の引き出し、上半分は蓋が両側にスライドするようになっていて小物類が収められていた。緩衝材の間に、針山や鋏(はさみ)、何色かの糸が入っている。

そういえば引越しのとき、裁縫箱がどうこうという話をしていたっけ。買ってないと答えたけれど、わざわざ送ってきたのだろうか。

「いいじゃないか。くれるっていうんだから、貰っておけば」

帰ってきたばかりの征市をつかまえると、箱を一瞥(いちべつ)して軽く言う。

「だけどこんなに大きなもの、申し訳ないよ。針と糸程度なら持ってるし、チョコレートの空き箱で充分じゃない」

「じゃあ、なにかほかのものを入れればいい。アクセサリーとか。可愛い柄じゃないか」

「可愛い……。まあ、可愛いといえばそうだけど」

裁縫箱の蓋と引き出しの表には、花がペイントされていた。アヒルかヒヨコをデフォルメしたものと、三つ叉の足跡もいくつか。幼稚園児なら喜ぶかもしれない柄だ。

「趣味の違いはしょうがないだろ。どうしても嫌ならペンキでも塗ればいい。それより電話を一本かけてやってくれないか。向こうも届いたかどうか気になってると思うし」

「わかってる。お礼の電話はしようと思ってた。……じゃ、貰っていいのよね？」

征市がうなずく。すぐに寝室に着替えに入ってしまった。

やれやれ、と息を吐く。貰わずに済ませたいと思って征市に伝えたけど、無理みたいだ。要らないと断わって機嫌を損ねるより、黙って受け取ったほうがいいだろう。

電話をかけると、征市の母親は声のトーンを上げて喜んだ。まだお礼も言っていないのに。

「いいでしょう、あれ。たくさん入るのよー。刺繍（ししゅう）用の枠だって入れられるんですって」

訊ね直して、やっと刺繍用の枠とやらの形状を思いだした。丸い輪っかで布を張って固定する器具だ。昔、家庭科室で見たような気がする。

「持ってないのね？　でもほら、大は小を兼ねるって言うでしょう」

わたしは苦笑するしかなかった。こちらが大きさに困惑すると予想した上で、それでも買ったのだろうか。

「とても立派なものなので、申し訳ないです。ちゃんと使いこなせるのかって」

「なに言ってるの。これから必要になるからだいじょうぶ。真ん中の引き出しを見た？　糸立てがついてたでしょう？　ボビンケースとセットにできるようになってるの。そういえばミシンをまだ買ってなかったわよね」

「ミシンは必要ないと思います」

これ以上、勝手な判断で送りつけられても困る。だいたい針や糸にしても、ボタンや裾の折りかえしが取れたとき以外、使うことはないだろう。

「今はそうかもしれないわね。でも子供が生まれたら必要なのよ。こんなに忙しい人が多い時代なのに、保育園じゃいまだに、お家で手製の袋や布団のカバーを用意させるんですって。私もパート先で聞いてビックリしちゃったわ」

「そういうものですか？」

でもそんなの先の話だ。子供子供と期待されても困る。

「それにカーテンの裾をまつるのにはミシンがないと不便でしょ。ほら、まだカーテンがついていない部屋があったじゃない。最近の家ってデザイン重視だから、窓のサイズもさまざまだものね。売っているカーテンじゃ合わなかったから、まだ買ってないんだなって思ったの」

まるで違う。選びかねているだけだ。趣味にあうものを吊るしたいだけ。代わりに買ってきてあげようなんて言いださないといいけれど。

そこまでは言わなかったけれど、征市の母親はしきりとミシンの購入を勧めてきた。今のわたしには必要ありません、今後ゆっくり考えます、のふたつを表現を変えて繰りかえし、なんとか断わった。そういえば翠も、母親が自分の生活に口を出してくると不満そうだったっけ。たしかに面倒な相手だ。

今日は長い一日だった、と食後にソファに崩れ込んだのもつかの間、居酒屋のアルバイトで夜中までいないはずの翠が、突然帰宅した。

「ありえない、ありえない、ありえないつーの！」

翠は、持っている鞄で壁をびしばしと叩きながら叫ぶ。いくら賃貸とはいえ、やっていいことじゃない。バスルームも、適当な掃除しかされていなかった。あれじゃ男に追い出されるのも、征市の母親が口うるさく言うのも当然だ。

「うるさいな。なんなんだよ、いったい」

征市が翠の鞄を取り上げた。

「だから、ありえないっつーの。どうしてあたしがクビになるわけ」

「クビ？」

「そ、クビ。バイト仲間と喧嘩になったんだけど、あたしだけクビ。あいつやっぱり店長とデキてるわ。まじムカつく」

叩くものがなくなった翠は、わたしの眺めていた雑誌を取り上げた。仕事兼趣味のインテリア雑誌だ。破られては困るので慌てて取りかえした。

「そんなに納得できないなら、本社に掛けあってみたら？　チェーンの居酒屋だって言ってたよね」

「もう電話した。思いっきり店長の悪口言ってやった」

「悪口はまずいでしょ」

とはいえ、言ってしまったものは取りかえしがつかない。いつもながら、もう少し考えて行動すればいいのに。

「ねえ珊瑚。バイト紹介して」

「なに？　いきなり」

「いきなりじゃないじゃん。前にも言ったよね。それにあたし、知ってるんだよ。珊瑚が勤めてる会社の一階、システムキッチンとかお風呂のショールームになってるよね。あのおねーさん、やらせて」

「やらせてってだけでやれるわけないじゃない。接客業だよ」

「あたし接客得意だけどぉ」

「客層が違う。家を新築するにあたって自分好みのキッチンを入れるとか、リフォームを希望してるとか、つまり持ち家が前提なんだよ。お客の年齢層も高いし、そんな言葉遣いできるわけないでしょう」

「平気平気。いくらでも化けられるし、騙して売りつけられるって。一回やってみたかったんだよねー。ああいうちょいハイソな感じの接客。昔、カーディーラーにいるショールームレディとかに応募したこともあるんだよ。あたし、似合うと思わない？」

「騙して売るものじゃないの」

なにが一度やってみたいだ。そんな考えで務まる仕事じゃない。軽く見ないでほしい。

「待てよ、珊瑚。……やらせてみたらどうかな」

しばらく黙っていた征市が、翠とわたしの間に割って入った。

「さすが兄上。わかってらっしゃる」

「なに言ってるの、征市。子供のおつかいやお留守番じゃないよ」

「ものは試しじゃないか。案外いけるかもな。けど、その恰好じゃダメだ。一度、面接に着ていける服を見せてみろよ」

征市がそう言うと、翠が即座にリビングから駆けだした。

「正気なの？　ショールームってルックスでやる仕事じゃないよ。できると思えない」

わたしは征市を睨んだ。征市は余裕の笑みを浮かべている。

「そうかもな。でも、あの若ぶった化粧も服装も、喋り方や乱暴な仕草だって、そろそろ卒業しないと。つまりこれは作戦だ。翠をまともにするための」

自慢げに、指を立てながら征市が言う。

「失礼だけど、多少の言動を直してもすぐ底は割れる。わたしたちの歳であの調子じゃ、使い物にならないと思われるのがオチだよ。普通の会社ではね」

「受かる受からないは後の問題だよ。それに落ちたならそれでもいい。本人も自覚するって」

「だからって、どうしてわたしが仕事を紹介するの？」

「僕の会社で扱ってるのは工作機械や精密機器だから、ショールームのようなものはない。工場を紹介したところで、翠がやると答えるわけがない」

「違う。人を紹介する以上はこっちにも責任が伴うってこと。そもそも、うちで人員募集なんて話、出てない」

「一度訊いてみればいいじゃないか。そんなに時間のかかる話でもないし、訊くのはタダだろう」

　だからどうしてそれを、わたしが訊ねなければならないのだ。使えない人間を紹介したら、わたしの目も疑われる。翠の思考回路は、かなり壊れているというのに。

「征市は、そんなに翠さんが大事なの？　いくら妹でも、三十を過ぎているのに過保護じゃない？」

「けど翠の仕事が見つからないと、ここを出ていってくれないぞ。今日も会社でからかわれたんだよね、入籍前のフライング新婚生活はどうだ、って。苦笑するしかなかったよ。全然新婚生活になってないんだから。珊瑚だって同居したくないんだろ」

「それはそうだけど」

　翠が居座り続けるのは、もちろん嫌だ。でもなんだか征市と、嫌さの加減が違うような気がする。

「こんな感じでどお？」

　着替えを終えた翠が、リビングに戻ってきた。やけにだぼついたジャケットだ。しかもスカートと色が合っていない。

「なによ、その恰好。面接はスーツが基本だよ」

「スーツなんて持ってるわけないじゃん。どうしても上着が必要ってときのために、昔の服を残してるだけだよ。普通のスカートも。でも、やっぱ変か。珊瑚、なんか貸して」

翠がにへっ、と笑ってわたしに近づいた。

「図々しいこと言わないで」

「買うお金なんてないもん。いいじゃん、あたしたち、サイズもほとんど変わらないと思う」

わたしと翠は、ほぼ同じ身長だった。翠は露出の多い服を着ているからスタイルの良さが際立って見えるが、わたしだってそう劣っているわけじゃない。スイミングのおかげで体型の崩れはないし、体重もたいして違わないだろう。既製服は、確実に同サイズだ。

翠は平然と、リビングからわたしたちの寝室に入っていった。おいこら、と征市が声をかけているが、止める気のない言い方だ。慌てて追いかけると、すでに翠はクローゼットの扉を開けていた。

「やめてよ、勝手にいじらないで」

腕を伸ばし、急いで扉を閉じた。翠はその前に、幾着かを選び取ってベッドカバーの上に放った。

落ち着いた色合いのスーツが三着。一瞬で選んだにしては早すぎる。翠はわたしのいない間に下見をしてたんじゃないだろうか。でも、バイトをクビにされたと言ったのはさっきだし。

「この中の、どれならいい？」

翠が笑顔で聞いてくる。

「貸すなんて言ってない」

「そんなこと言わないでさー。一日借りるだけ。クリーニングにも出すし」

「あたりまえでしょ。他人に物を借りたら、誰だってすることじゃない」

「ってことは、クリーニングするならＯＫってことだよね」

「違うでしょ！」

騒ぐなよ、と征市がわたしの肩を摑んだ。

「朝から何度目だよ。いやこの一週間、ずっとこの調子じゃないか。僕だって疲れるよ」

それはわたしのセリフだ。この先いつまで続くのだろうか。

「珊瑚、さっきも頼んだだろ。まずは一度やらせてみてくれよ。服だって一度くらいかまわないだろ。その光沢のあるグレーのスーツ、それなんかは一度も着てるのを見たことがない。

着ないならいいじゃないか。気持ちはわかるけど、ちょっとは折れてくれよ」

気持ちはわかる？　ちょっとは折れてくれ？　うわべだけの言葉に聞こえる。

征市が感じている不満と、わたしの感じる不満の違いがわかった。征市は、わたしたちの生活に別の人間が加わっている状態が嫌なのだ。なぜなら新婚ぽくないから。単にそれだけだ。だけどわたしは、翠が嫌なのだ。いくら着ていなくても、自分の服を貸すのは嫌だ。たとえ翠の自立のためでも。

征市にとって翠は妹だ。わたしほどのストレスはない。わたしにとっての翠も、親しい友だちだと思っている。同居してもいいと思えるほどの相手だと考えている。

できるかぎり善いことをしよう、人には親切にしよう、それが自分のためにもなる。そう心がけているけれど、嫌なものは嫌。

翠はわたしを脅してくる。そんな相手に好感が持てるわけがない。聖人君子じゃないんだから。

わたしが苛立(いらだ)っている理由を征市は知らない。けれど、明かすわけにはいかない。

心の中で、深呼吸、深呼吸、と唱え、一度目を瞑ってから、翠を見た。

「じゃあそれ、いいよ。着ても」

征市が指さしたものを、わたしも示す。

「まじ？」

「悪いな、珊瑚」

「ええ。……そうね、それあげる。もう着ないからいいよ」

「うっわ、ラッキー。これ一番高そうじゃん。地織り模様になってるし、デザインもちょっと特殊だし」

高そう、ではなく実際に高いのだ。といってもわたしにも正確な値段はわからない。生地はイタリア製だと聞いた。背中を綺麗に見せるよう、高い位置からタックが取られている。征市に着て見せたことがないのにもわけがある。

二度と袖を通す気はない。けれど捨てられなかった。未練があるわけじゃなく、もったいなかっただけ。そういう性分だから仕方がない。だけどこれで手放す理由ができた。そう思おう。

8

珊瑚から貰ったスーツを着る。悪くない。むしろぴったり。きっと珊瑚より似合ってる。久しぶりに髪も黒くした。鏡で見るとどこのご令嬢かしら、って感じで妙に落ち着かないけど、たまには悪くないっしょ。デキる女にも見えそう。

珊瑚からはスーツだけじゃなく仕事もGETすることができた。やっぱ持つべきものは友だちだね。あ、もっとも、仕事はまだ現場の人の面接が残ってるらしいけど。

あたしは鏡の中の自分にほほえんだ。らっしゃいまっせー、と声に出してもみる。アイメイクの薄さが気になり、ラインをもう少し太くしてみたくなる。でも珊瑚によるとこれが限度らしい。珊瑚は流行の終わった服でも平気で着ている人だからアテにならないけど、社会人としてどうこうとか言われると、多少は話を聞いておいたほうがいいような気もする。多少、ね。

鏡に近寄ると、小鼻の横にある毛穴が楕円になっているのに気がついた。

これが噂の肌のたるみか。今まで丸かった穴が、重力に負けてきた証拠というか。いくらあたしの素材が良くても年齢には勝てないのだろうか。いや、諦めちゃいけない。

あたしは珊瑚たちの寝室に駆け込んだ。珊瑚は化粧道具を洗面所に置かず、寝室に隠してあるのだ。しかも勉強机みたいなのの文房具が入っている引き出しに、だ。せこい女。あたしじゃ手の出ない美容液やあれこれも持っている。つまりそういうのに頼って、なんとか若く見せてるってわけ。金があるのは羨ましい。まあ、表面だけの繕いだけどね。

目的の美容液を付属のスポイトでちょっとだけ借りた。このくらいならバレないだろうって程度。毎日続ければ楕円の穴も戻ってくれるかな。

スーツを着たまま、クローゼットの中を探る。昼間の仕事に出るのなら、通勤服も必要だろう。貰えそうなものはないだろうか。また珊瑚が自分から手放すよう仕向けようかな。

思っていたより珊瑚は利用しがいのあるヤツだ。杓子定規（しゃくしじょうぎ）な考え方はうっとうしいけど、バカみたいにまじめだから、ひとりでもがんばるし。あたしの分まで稼いでくれれば楽なのにな。服だって、どうせサイズは変わらないんだから、全部共有にすればいい。

あたしは人を乗せて、媚（こび）を売って、すいすいと人生を泳ぐほうが向いている。これまでだってそれでなんとかなってきた。

おっと、この香水も悪くない。借りよう。

あたしは指定された時間に珊瑚の勤める会社のショールームに出向いた。上の階で働く珊瑚に、終わってから一緒にランチしないかと誘ったんだけど、仕事の都合がどうとか時間が読めないとか嘘くさい理由をつけて断わられた。

面接に来たって言うと、あたしや珊瑚より十ばかり歳上のおばさんがやってきた。ほっぺたの肉がたぷたぷして、化粧は濃いけど眉が下がってて、その眉の中にホクロがあって、田舎くさい人だ。こんなおばさんでも務まる仕事なのに、なにが客層が違います、だ。珊瑚のヤツ。

おばさんが暇そうだったので、面接がはじまるまで相手をしてやってたのに、ノリが悪くて苦労した。そのあとやっと男の人がやってきたけど、面接はすぐに終わった。若くて顔も悪くないタイプだったから、もうちょっと話していたかったのに、じゃあ結果は郵送します、なんて言う。ご丁寧なことだ。時間もかかるし金もかかるし、エコじゃない。

とはいえもったいをつけるのが会社ってやつだろう。珊瑚を見ているとよくわかる。せっかく来たんだから、やっぱり珊瑚にランチをおごらせよう。弁当を持っていったようすもないから、昼になれば外に出てくるだろう。それまでショールームでぶらぶらする。でもあくまで、客として振る舞う。店員と間違えられちゃ、さすがに応用力と機転に富んだあたしでも応対は難しい。

つやつやかな大理石の天板に、足元のレバーを押すだけで下りてくる吊り戸棚。ままごと気分で面白い。でもキッチンってさ、一年もしないうちに天井から黒い油の塊が落ちてくるんだよねー。あれはぎょっとする。って、それはあたしが勤めてた居酒屋くらいか。あそこはサイアクだった。ここに来る客は、料理も片付けもちゃんとやるんだろう。前向きな人たちと一緒にしちゃいけないね。失礼しました。

なんて思ってると、ドラマに出てきそうな中年美男美女カップルがやってきた。エグゼクティブっぽい男性と、いかにもイイトコのオクサマって感じの女性。あら素敵、あなた見て見て。僕はわからないからこの辺にいるよ、キミは好きに楽しむがいい。そうねそこの店員さん、ご案内いただける？　なーんて会話が繰り広げられていそうな雰囲気だ。あ、本当に二手に分かれちゃった。オクサマはひらりひらりとご見学。渋そうなおじさんは店員の死角を探すみたいに隅っこに行っちゃった。そうだよねー、家事をしてない人だったら居場所に困るよな。

あたしもキッチンには飽きてきた。向こうにはバス関係がある。ジャグジーとかないのかな。つってもここで体験はできないか。できたら超ウケんだけど。

キッチンコーナーに背中を向けて歩きだした途端、たたらを踏んだ。久しぶりに履いたパンプスのせいだ。ストッキングもしばらくぶりで、靴の中で滑っている。

なにもなかったふりをして歩き直すあたしの腕を、後ろから誰かが摑んだ。小声でささやかれる。

「八木くん」

ん？　珊瑚のこと？

振り向いたら相手の顔が強張（こわば）った。さっきの中年美男美女カップルの片割れだ。慌てたように手が離される。

おっさんあんた誰、と今までのあたしなら返すところだけど、ここは未来の仕事場だ。うかつなことはできない。居酒屋のお姉ちゃんキャラも変えなきゃね。設定年齢はちょっと高めに二十七歳くらいにしよう。

「お客様、なにかお探しでしたでしょうか。こちらでは最新式のキッチンを多数取り揃えておりますのよ」

はいここで、笑顔。鏡がないからわからないけど、元気すぎない上品めの笑顔。これでバッチリなはずだ。

しかし相手は釣られない。笑うのか困っているのかはっきりしろって顔のままで、もごもご口を動かした。

「いやなんでもないんだ。申し訳ないね。ちょっとした勘違いだ」

「って、おっさん、珊瑚の知りあい？　今そう呼んだみたいだけど」

あ、しまった。おっさんって言っちゃった。

でもおっさんはおっさんと呼ばれたのに怒ることなく、ますます、ってゆーか、より困ったほうに比重をかけて笑う。

「あなた、どうなさったの」

向こうでひらひらとシステムキッチンを見ていたオクサマがやってきた。その後ろからさっきの田舎のおばさんっぽい人がついてきて、営業スマイルを浮かべて喋りだす。

「ご主人様でいらっしゃいますか？　こちらで一緒にお話を……、あら、阿曽課長じゃありませんか。いやだ、どうしてお声をかけてくださらないんですか。今日はお休みでいらっしゃいますか」

「いや、今日はね、妻が実物を見てみたいと言ったものだから、ランチがてら来てみたんだよ。ただほら、私が顔を見せると今みたいに私への接客がメインになってしまうだろ。そういうの抜きでフラットに判断したいらしくて。みなさんに気を遣わせるのも申し訳ないし。もちろん、後でちゃんと挨拶するつもりだったんだよ」

いかにも作り笑いといった表情を浮かべて、おっさんがおばさんの人に説明する。

「なんだ。ここの会社の人だったんだ。だから珊瑚のこと知ってたわけ」

あたしは口を出した。と、おばさんの人があたしのことをちらりと見て言う。

「なにかお忘れ物でしょうか」

「え？　別に忘れてないけど。あちこち見てるだけ。さっき、適当に見てから帰るって言ったよね、あたし」

「承知いたしました」

それでは、とおばさんの人がおっさんとオクサマを連れていく。ああ、そうか。お忘れ物でしょうかってのは、さっさと帰れって意味か。失礼だなあ。ムカつく。

おばさんの人とおっさんとオクサマは、その後も三人で話をしながら歩いている。あちこちを触っているから、きっと商品の説明だろう。

あたしは見るともなしにそれを眺めていた。何度か、オクサマと目が合う。いかにも白いエプロンが似合いそうだわ和服に割烹着も悪くないわあなたお銚子一本つけましょうか、なオクサマだ。おっさんのほうは、何度か腕時計を確認していた。そうして何度目かにオクサマの肩を叩き、おばさんの人に頭を下げさせて出ていく。

あたしもショールームを出た。二人の後をつける。

「すみませーん。阿曽課長」

少し歩いたところで呼びかけると、振り向いてくれた。耳録(みみろく)だったけど、阿曽という名前で当たってたわけね。

「あなた、さっきのかたね。あちらのショールームにお勤め？」

オクサマが微笑とともに答える。おっさんこと阿曽課長のほうは表情を変えない。

「違います。けど、近々勤める予定です。あたし、野瀬翠といいます。八木珊瑚の友人で、珊瑚が結婚する相手の妹です」

あら、とオクサマがいっそうの笑顔になった。おっさんも驚いている。

「結婚なさるとは伺っていたけれど、妹さんともお友だちなのね。おめでとうございます。わたくしたち、八木さんにはお世話になっているのよ」

「珊瑚が、お世話してるんですかね。お世話になってるんですかね」

訊ねると、オクサマは少し考え込んで、両方ねと言う。

「八木さんは、うちの子の家庭教師をしていたのよ。夫は仕事で関係があったんですけど」

へえ。小学生を教えてたっていうのはそれなのかな。

「珊瑚の上司なんですか？」

「私かね。いや、取引先、かな」

取引先。これまた中途半端な。どうしてそれで、あたしと珊瑚を間違えるんだろう。

「じゃあ、我々はここで。百合子、あの店は早くしないとすぐ席が埋まるんだ。急ごう」

「そうなの？　まあ予約してくだされぱいいのに」

「八木くんにおめでとうと伝えてください」

笑顔であたしに礼をした後、おっさんがオクサマの肩を押すようにした。やっぱりどこかおかしい。

あたしは歩きはじめたおっさんたちにもう一度声をかけた。

「あのー、珊瑚たちの披露宴や二次会関係のあれこれ、あたしが任されてるんですよね。名刺一枚いただけますか。念のために」

おっさんは少し怪訝(けげん)そうだったけれど、急ぎましょうというオクサマの声であたふたとポケットを探り、一枚を出してくる。

「ありがとうございまーす」

おっさんとオクサマに手を振りながら、あたしは頭の中でいろいろと考えていた。

八木くんと呼びかけてきたおっさんは、あたしの後ろ姿しか見ていない。ってことは、この服で判断したということだ。背中のデザインが特殊な、ちょっと高級そうなスーツ。珊瑚が気にいってよく着ていたのかもしれない。だけど取引先の女性の服なんて、覚えているものだろうか。それに、兄上は着ているところを見たことがないと言っていた。

親指と人差し指で名刺を持って、空にかざしてみる。背後に、今にも降りだしそうな梅雨の曇り空が見えた。

9

会社を出たところで、突然声をかけられた。

歩道には傘の花がいくつも咲いていて、その間を縫って制服の人間が向かってくる。阿曽課長のひとり息子、真哉だった。

「どうしたの、こんなところに」

「たまたま通りかかって」

真哉は目標にしていた中高一貫の男子校に入ったそうだが、この近くではなかったはずだ。電車の路線も全然違う。

「たまたま？　近くまで遊びに来たの？」

真哉は答えない。

彼のボトムの膝から下が濡れている。ずっとわたしを待っていたのだろうか。

「駅前でなにか温かいもの、飲む？　もうコーヒーとか、飲めるんだっけ」

「飲めるに決まってるじゃない。ガキじゃないんだから」

不機嫌そうに真哉がつぶやいた。

「ごめんごめん。わたしも一息ついてから家に帰りたかったし、じゃあ一緒に行こうか」

傘の下で、真哉がうなずいた。

並んで歩いてみたものの、真哉はなにも喋らない。真哉は学校でなにか悩みがあるんじゃないか、けれど自分たちにはなにも相談してくれない、阿曽課長はそう嘆いていた。わたしに悩みを聞き出してくれなんて言うから、口実だろうと思っていたけれど、まさか真哉本人がやってくるとは。本当に困っているのかもしれない。ファストフードの店とチェーン展開しているカフェが駅前に何店舗かあるので、真哉に選ばせる。飲み物を注文すると、真哉は自分の財布を出した。

「すごいね。それ、ヴィトンの新作でレアモデルじゃない。わたしの財布の数倍は高いよ」

「買ってもらったんです。春頃に進級祝いだっていって。僕みたいな学生がこういうのって、変かな」

真哉が苦笑する。

まだすべすべした頬と相まって、女の子のようにも見えた。

そんな線の細さや、無防備にブランド品を持っていることなどで、男子校で浮いているのかもしれない。

「ねえ、話があったんじゃないの？　学校でなにかあったの？」

誘ったんだからおごるよと言って代金を支払い、席についてから訊ねてみた。真哉は目を上げてわたしを見る。

「そういうんじゃ、ないんだけど」

「本当に？」

「本当だよ。なにもない」

そう言った後、真哉は困ったようにため息をついた。そのようすに思わず笑ってしまう。

「なにがおかしいんだよ」

「ごめんなさい。でもね、なにかあったの、って訊ねられて、そんな押し殺したため息をつくのは、実はあるんですよ、話を聞いてくださいよ、ってことなのよ。無言の肯定よ」

「え、そうなの？」

「大人の世界ではね。だってなにもないのに、ため息なんてつかないでしょう？」

「それはそうだけど」

とつぶやいたものの、真哉はまた黙ってしまう。

「で、なにがあったの？　聞くよ」

ミルクをたくさん入れたコーヒーを飲み、テーブルの上であちこちに視線を滑らせ、たっぷりと間を置いてから真哉が口を開いた。

「八木先生は、結婚するの？」

じっと、わたしの目を見ている。

どういうことだろう。阿曽課長は結婚の話を知っている。真哉に伝わっていても不思議はないけど、なぜそんな話題になったんだろう。真哉がわたしにまた家庭教師をしてほしいとねだったのだろうか。結婚して忙しくなるから無理だよとでも答えたのかもしれない。

でもそれを、わざわざやってきて問うのはなぜだろう。阿曽課長の説明は、ただの言い訳だと思った？　でも、こんなに溜めを作ってまで問うほどのことじゃないよね。

もしかして真哉は、わたしのことが好きなの？　わたしは慕われていたし、彼のような年頃の少年が年上のお姉さんに憧れるというのは、よく聞くことだけど。

まいったなあという気持ちと、誇らしいような気分がいっぺんにやってきた。ここは正直に答えるべきだろう。

「うん、結婚するよ」

真哉がゆっくりと、わたしから視線を外した。考え込むような顔をして、また小さくため息をつく。そして笑顔になって言った。

「おめでとうございます」

なんだか悪いことをしているような気がしてきた。

「ありがとう」

小さく頭を下げると、真哉も同じように頭を下げた。照れくさそうに笑った後、コーヒーのカップを両手で持て余すように揺らし、その表面を見ている。

「ねえ、学校は楽しい？」

「どうしてそんなこと聞くの？」

「そうねえ、どうしてってことはないけど、志望してた学校に入ってみて、どうなのかなって。学校って、入って終わりじゃないでしょ。勉強は難しい？　クラブ活動はなにかやっているの？」

頼ってきてくれたのならと、少しは助けになるようなことをしようと思った。

真哉が、しばらく考えてから答える。

「進度が速いから、ついていくのがやっとかな。でもそう悪い成績でもないよ。あと、クラブは入ってない。遠いし、勉強する時間なくなっちゃうし」

「勉強ばっかりになっちゃってる？」

「ばっかりじゃないよ。遊ぶこともあるよ。ただ、みんないろんなところから通ってきてるし、小学校の友だちとも会うことがないから、遊ぶ時間は少ないよね」

「どんな遊びをするの？」

「……いろいろ」

それだけ言って、また真哉は黙ってしまう。

やっぱり学校でなにかあるのだろうか。いじめられたりしていないだろうか。昔の生徒でもあるし、なんとかしてあげたいと思う。ただ真哉に関わっていると、阿曽課長とのつながりがまたできてしまう。

「なにがあるかは、もう聞かないね。でも、なにがあったとしても乗り越えられないことなんてないと思うの」

「乗り越える？」

うん、と答え、わたしはゆっくりと話しはじめた。

「大変なことに遭ったとしても、めげずに正しい道を選択して進めば、そこでバランスは取れるから。決して悪い方向に行くことはない。やがて自分に向けていい風が吹いてくるよ」

「バランス？」

真哉は少し不審げながら、真剣な顔でわたしを見た。

「ええ。天秤（てんびん）にね、……天秤はわかるよね。その一方の皿に、善いことをたくさん積み上げるよう努力をしていれば、たとえ悪いことがもう一方の皿に載ってきたとしてもそちらには傾かない。善いことに見あう運命を神様が用意してくれるよ」

「八木先生、神様なんて信じてるの？ そんなのどこにいるの？」

一転して小馬鹿にしたような表情になった真哉が、訊いてくる。

「んー、特定の宗教とか、これですっていう神様とはちょっと違うんだけど、運命を司（つかさど）っている自分の中の指標みたいなものかな」

「なんかあやふやな話」

「じゃあ、こう言えばいいかな。そういう神がいると仮定して、自分は神様にどう思われているのかを考えて行動することが大事」

「ふうん」

「わたしも昔、言われたんだ。あなたががんばってきたことを見てる人はちゃんといますよって。それで救われたことがあるの。だからなにか辛いことに遭ったら、わたしの話を思いだして」

　わかってくれるだろうか。

　わたしはいつもそう思って行動してきた。善いことの積み重ねを、つまりは貯金を増やそうとしてきた。まじめに勉強をして、人の信頼も勝ち得って、と。今も、真哉の気持ちを解きほぐせればと思っている。

　もちろん人は、善いことばかりをできるわけじゃない。誤った道に足を踏み入れることもある。不幸に見舞われることだってあるだろう。だけど悪いことが多少、一方の皿に載せられても、それまでの善いことの貯金がもう一方の皿の重しとなっている。

　天秤のバランスが、悪いほうに傾くことはない。

　真哉が笑顔になった。手の中に包んでいたコーヒーを飲み干す。

「……僕、そろそろ帰りますね。これ以上遅くなると、お母さんが心配するから」

うん、とわたしもほほえみ返し、立ち上がった。

店に入ったときと比べて、真哉の足取りは明らかに軽くなっていた。わたしの気持ちが通じたのだろう。

駅までの短い道は、雨も小止みになっていた。傘を差す必要もないほどだ。

「結局なんの相談にも乗れなかったね。ごめんね」

「そんなことないです。会えてよかった」

乗り降りの客でごった返す中、真哉が会釈をしてきた。そのままホームで別れる。なにかが真哉の中に残ってくれればいいと思った。

電車の中、夜を走るガラス窓に顔を映しながら、ふと考えた。真哉に語って聞かせたこと。善いことを重ねていれば、道が拓けてくるということ。

今進んでいる道は、本当にいい風が吹く方向なんだろうか。

征市のことは好きだ。愛しくて愛しくて気が変になりそう、というほどじゃないけど、穏やかな生活が送れそうな気がする。征市は気が利かないから、昔なら選ばなかった相手だ。けれど誠実で、わたしを尊重してくれる。前回の失敗もあって、わたしの考えを聞いてくれない人は嫌だった。条件面でも悪くない。愛情ばかりが結婚のすべてじゃないことを、わたしもうわかっている。仕事は忙しそうだけど、その分生活は安定している。征市の母親も厄介そうな人だけど、息子の相手に一切口を出してこない姑なんていない。お客への対応や先輩への気配り、わたしにはこれまでの社会人生活で培った素地がある。なんとかやっていけるだろう。

　唯一の心配は、翠だ。

　人間関係には、暗黙の了解がある。どこまで押して、どこで引くか、その落としどころを人は長年の経験で知る。翠にはそれが通用しない。図々しくて身勝手だ。それでもまだ、翠が初対面ならいい。相手にしない、適度に距離を保つ、などのつきあい方ができる。

　だけど翠はわたしの過去を知っている。それを匂わせて脅しをかけてくる。もちろん同じ爆弾を、わたしも手に持っている。わたしが翠を脅すことだってできる。

　ただ、失うものが大きいのはわたしだ。たとえば誰かに、とある男が死ぬきっかけをつくったことを知られたとしよう。翠なら、やりかねないと言われるだけだ。翠はそう判断されても仕方のない行動をしているから。けれどわたしは違う。今までの信頼を返せとなじられる。仕事を失う可能性もある。

　わたしも開き直ってはどうだろう。翠と同じように、他人のことなど考えず、自由奔放に、でたとこまかせで。

　……無理か。わたしにはできない。後ろ指をさされても平気で生きていける神経は持ちあわせていない。

わたしはまじめに生きるほうが性にあっている。コツコツと努力して、善いことを貯金して。バカげているかもしれないけれど、正しいと思う道を進んでいることで、気持ちの安定を得ているのだ。

十五歳のあのときからずっと、不安を押し込めるために正しくあろうとしている。

電車がだんだんと、スピードを緩めていった。

わたしは周囲の客に押し出されるようにして、電車を降りた。

南側の道から見上げたマンションの部屋は暗かった。エレベータで六階まで昇る。

鍵を開けてドアノブを回す。いや、回らなかった。逆に鍵を閉めてしまったようだ。誰か、鍵を開けたまま出かけてしまったのだろうか。誰かもなにも、そんなことをするのは翠しかいない。わたしは呆れることにも疲れて黙って扉を開け、廊下を進み、灯りをつけたリビングで人影があることに驚いた。

「え？　征市？　どうして。ずっと暗い中でいたの。いつ帰ってきたの？」

茫然(ぼうぜん)としてソファに腰掛けている征市は、着替えてもいなかった。そういえば昼前には早退して、なにかの用を済ませると言っていた。

征市からの返事はない。

「夕食、食べてないの？　翠さんは……いないみたいね。帰ったときにはいた？」

「……そういやどこに行ったんだろう。翠にも言っておかないと」

「なんの話？」

「早退するつもりだったんだ。でも仕事が立て込んでて、どうしようもなかったんだ。だからお袋には相当待たせることになってしまった。申し訳なかったよ」

「お母さんに呼び出されたの？　聞いてなかったけど、なにかあったの？」

「ああ、無駄な心配をさせるから必要ないって言われて伝えなかったんだ。だけどちょっと予想外すぎて、本人も病院でパニクってしまって。……うん、無駄な心配で終わるはずだったんだけどな」

話が嚙みあわない。言ってることもよくわからない。

「病院って？　そういえばお母さん、背中だか腰だかが痛いって言ってたっけ。ヘルニアかなにか？」

「いや、膵臓。ガンだっていうんだ。ちょっと、これから大変になりそうだ」

ため息とともに、征市が言った。魂とか気力とかいうものまで一緒になって出ていくような、深いため息だった。

「助けてくれよな、珊瑚」

すがりつくように、征市がわたしの手を取ってくる。

この間会ったときにはあんなに元気だった征市の母親が病気？　膵臓のガンって、気づいたときには進行している危ない場所のガンじゃなかったっけ。でも冗談や嘘でないことは、征市のようすからわかる。

ふいに、天秤の皿が脳裏に浮かんだ。

ぐらぐらと揺れている。

わたしの積み重ねてきた善いことは、他人にも有効なんだろうか。わけあたえることはできるんだろうか。ぼんやりとした頭で、そんなことを考える。

征市の静かにすすり泣く声で、我に返った。

10

なんだそれ。冗談じゃない。

病院で、あたしは力いっぱい色つきの線を踏みつけながら歩いていた。赤い線の示す先が東館、青い線は北館、黄色の線を辿れば本館。でもあちこち改装工事をしていて回り道ばかりで、どこに進めばいいのかさっぱりわからない。

母君様は、この一、二ヶ月の間にも死にそうだという。へー、と思ってたところ、珊瑚に紹介されたショールームの仕事について、連絡が来た。

不採用。まじかよ。もったいをつけたワケわかんない文章の後に、今後をお祈りします、とある。

どう考えても、怪しい。こんな紙切れ一枚で、さくっと落とされるなんてありえねえ。あのショールームにいたのは、田舎くさいおばさんだ。あんなおばさんでもやれる仕事なのに、あたしにはごめんなさいだなんて、マジないでしょ。

珊瑚が裏で手を回したに決まっている。

母君様が入院した病院は、あれこれ難しいことは看護師がするけれど、家族もまったくノータッチというわけにはいかない。なにか新しいことをされるたび、同意書がどうとかで呼び出される。完全看護っていったって、周囲の人間は巻き込まれるしかないのだ。ってことはつまり、あたしに母君様のお世話をしなさい、ってことじゃない？　あたしが仕事をはじめると母君様の世話をする人間がいなくなる。そうすると珊瑚がやらされちゃう。珊瑚はそれが嫌だったんだ。暇な人間をひとり作っておいて、面倒は全部そいつにやらせりゃいいじゃんって思ったんだろう。超ムカつく。

あたしはあちこち迷いながら、母君様の病室に辿り着いた。ご丁寧にも個室だ。たしか個室って、差額ベッド代とかいうのが必要じゃなかったっけ。うわ、その差額、あたしに払ってよ。

「忙しいのに悪かったわね」

て、いきなり謝られても困るし、なんか情けなさそうな顔してるし。今まであたしの顔を見るたびに怒鳴ってたのは誰だよって気分。しかも突然痩せた。入院したからってわかりやすく痩せなくてもいいのに。

「いや。別に忙しいわけじゃないから。なんか、まじ病人みたいで調子狂うんだけど、だいじょうぶ？」

そう言うと、母君様が笑った。

「病気だって実感した途端に、だいじょうぶじゃなくなったような気がしてね。こういうのは順ぐりだから仕方がないんだけど、やり残したことがありすぎてね」

「へえ。でもやりきったなんて思うと、逆にやばいんじゃね？」

「そうね。まだまだいろいろあるのよ。征市は結婚するけど、あなたはそんなだし」

「そんなってどんなだよ」

ち、面倒くさいなあ。見かけは病人でも、言ってることはいつもと同じじゃか。

「そんなはそんなでしょう。言葉遣いは乱暴だし落ち着きがなくて、やってる仕事は十も若い子と変わらない。天国であなたのお父さんになんて謝ったらいいのか」

「何回言ってんの。謝る必要ないっつーの。つか、会えるとも決まってないっしょ。天国なんてあるかないかわかんないのに」

　母君様の顔がひきつった。

　やばい。失言した。そんなつもりじゃないんだ。母君様からいつものセリフが飛び出したから、あたしもいつものように応戦しただけ。

「いやその、天国なんて相当先の話じゃん。今から考えなくても」

　母君様の顔が赤くなっていく。栓が抜けたように鼻水と涙が垂れ落ちる。

「あんたって子は……。本当に他人の気持ちがわからないのね」

　母君様は、ベッドの柵にひっかけてあるタオルを剥ぎ取るように摑んで顔に当てた。しゃっくりのような音を立てて、泣き続ける。

「悪かったよ。ごめん」

　謝ったけれど、母君様の嗚咽は止まらない。悪気はないことぐらいわかってるだろうに。逆に、じゃあ心を入れ替えて天国のパパに安心してもらえるようにする、なんて言ったらキモいし、母君様の死が前提みたいじゃん。そっちのほうが失礼だと思うよ。

十分か二十分か、いたたまれない状態に置かれたまま、あたしは泣き続ける母君様のそばに座っていた。

こういう地獄があるなら、天国もあるかもしれないなんて気分になる。

夜、マンションに戻ってきた珊瑚をつかまえて愚痴る。

「まじ面倒だったんですけどぉ。あの人」

珊瑚はコンビニの弁当を手にしていた。兄上は接待で外で食べてくるという。だからコンビニ飯ね。だったらあたしの分も買ってきてくれればいいのに、気の利かないヤツ。珊瑚は飲み物も自分の分だけ用意して、ひとりで黙々と食べ進めている。

あたしは食卓の正面に陣取った。

「それから看護師が点滴替えに来てさ、母君様にどうして泣いてるのとか聞くわけ。母君様はなんでもないとか返事してたんだけど、帰り際にその看護師に言われた。支えてあげてくださいね、なんて。はあ？　って感じ。ってゆーかさー、最初にその支えをすぽーんと取ったの、誰なわけ？　病院が母君様に告知したのが悪いんじゃない？　もうすぐ死ぬって言われてぐちゃんぐちゃんになってる人間、素人(しろうと)が支えられるわけないじゃん」

「全部教えてくれって言ったのはお母さんらしい。だから病院も告知したんでしょ」

「状況ってもんがあるんじゃね？　見かけ元気だったから、本人、そこまでひどい状態だなんて思ってなかったんだよ。医者ももうちょっと考えろってーの」

「それはそうだけど、……でも今さらどうしようもないじゃない。本人が知ってしまったんだから。あとは看護師さんの言うように、なんとか支えるしかないよ」

　珊瑚がため息をつく。なに、わざとらしい。ため息をつきたいのはこっちだって。

「あんたがやれば？」

「なにを？」

「母君様のことだよ。なんであたしに押しつけるわけ？　あの人あたしのこと嫌ってるから、精神状態にも悪影響あるんじゃない？　お気にいりの珊瑚がそばにいたほうが、気分よく治療を受けられると思うけど」

「押しつけるってどういうこと？　わたしは昨日も一昨日(おととい)も会いにいっているよ。今日はそのせいで仕事が溜まって回らなくなって、どうしようもないからお願いしたんじゃない」

「仕事、仕事、仕事。いーよねー、そういう言い訳持ってる人は。てか、そういうのあたしに言わせないために、あたしのこと落としたんでしょう」

「落とした？」

「例のショールームでの仕事のこと。珊瑚が手を回したんでしょ、あたしに母君様の介護をさせるために。計ったようにタイミングばっちりだったもんねー」

　あたしのことを数秒ほど眺めて、珊瑚が箸を置いた。そう、この女、喋りながら食ってたんだ。どれだけあたしの話を適当に流しているか、わかるってもんだ。

「わたしに人事権なんてないよ。ないけど、どうしてもってゴリ押しされたから、ショールームの責任者に面接だけでもって拝んで頼んだのよ。落ちたのは……はっきり言うけど、翠さん本人の問題でしょう」

「面接だけでも？　へえーそうか、最初からそのつもりだったんだ。だけでも、か」

「揚げ足取らないでよ。気に入られたら採用されたかもしれないじゃない」

「ふーん、道理であの若い兄ちゃん、ちょいっと話しただけで終わったなー。どうせ落とすんだから、ってことだ」

「兄ちゃん？　ショールームの責任者は女性だけど」

「女？　女はおばさんとしか話してないよ」

「え。それまさか、ちょっとふっくらした、四、五十代くらいの人？　その人が責任者なんだけど。あなたいったいなにやったの？」

　げ、責任者？　あのおばさんが？

　やばい、と思った。でもそんなの聞いてない。聞いてないんだからあたしは悪くない。

「なにも。別になにもやってないよ。世間話。相手、超ノリ悪かったけど」

「名乗ったでしょう？　名刺、出してくれたでしょう？」

「キッチン買いにきたんじゃないから要らないですぅーって言って、返した。おばさんに名刺もらったところで仕方ないし」

「どうして営業をかけられたなんて思うのよ。話していてわからなかった？　相手は大ベテランだよ。うちの女性社員のなかでも出世頭だよ」

「そんなの知るかよ。ただの取次ぎだと思ったんだもん。ダサいおばさんだったし、面接官はまだかって聞いたら兄ちゃんがやってきたし」

「呆れられたのよ、それは。なにをやってくれたの。言ったじゃない、紹介する以上は責任が伴うって。いいかげんなことをされるとこちらが困るのよ」

「珊瑚が悪いんじゃん」

「なんでっ？」

「珊瑚が最初に教えてくれていれば問題なかったんじゃん。そのおばさんだって超性格悪っ！　なんでそんな意地悪するわけ？　普通に面接されてりゃちゃんとできんだよ、あたしは。超ムカつく！」

珊瑚が食べてた弁当を、あたしは手で払いのけた。弁当は一回転して中身を撒（ま）き散らしながら、壁に激突した。

珊瑚がなんだか騒ぎだしたけど、無視して部屋に戻った。信用したのが間違いだったのだ。このままじゃ、珊瑚にいいように使われるだけだ。

早く新しい仕事を探さなきゃ。あたしはスマホのアドレスを見て、片っ端から電話をかけた。鞄の中、ポーチの中、ありとあらゆるところを引っかき回してメモや名刺も探した。ひとりくらい、あたしを助けてくれる人はいるはずだ。もちろん水モノの商売はパス。一回やったことあるけど、周りの女たちからのあたしへの嫉妬はひどいものだった。会社の受付嬢とかがいいな。

そういえば、とこの間、珊瑚に貰ったスーツを探る。ポケットに名刺が入ったままだ。もちろんあの嘘つき面接官おばさんのじゃなく、ショールームに来ていた渋メンのおっさんだ。名前は阿曽清晴（きよはる）とある。珊瑚の知りあいのようだけど、なんだか妙な反応だった。

あのおっさん、何者だろう。仕事を探す合間にちょっと調べてみようか。

11

会社に突然の呼び出しがあった。病院にいる征市の母親からだ。今日は翠に行ってもらうように頼んで、朝も確認したのに、翠は来ていないそうだ。仕方がないので昼休みを早めに貰い、電車に乗り込んだ。これで何度目だろう。

翠のスマホに連絡を入れると、電波が届いていないとアナウンスをされた。以前も同じことがあったが、就職活動中だと言われた。約束を違えられては困ると言うと、ショールームの件を持ち出され、あのとき決まっていればこんな苦労はしていないと嫌みを返された。失敗したのは自分の甘さが原因なのに、他人のせいにしないでほしい。

電車の乗り換えの途中で、今度は会社から電話が入った。顧客との連絡が錯綜してトラブったとのことだ。急いでお詫びに出向いてほしいと言う。そんなむちゃな。

駅のホームから征市に電話を入れた。向こうもそろそろ昼休みに入るころだろう。

「今から？　それは無理だよ」

用件を切り出すと、征市が早口で答えた。

「こっちも急用が入ったのよ。なんとかならない？」

わたしは話しながら、路線図を確認する。どのルートを使えば一番早く顧客のもとに行けるだろう。

「難しいね。僕の代わりがいない。翠はなにをやってるんだ。またどこかに遊びにいってるんじゃないのか」

「それはさすがにないんじゃない？　仕事の面接って、急に入ること多いし」

「どうだか。で、病院の用はなんなんだ。お袋はまた別の薬を使うことになったのか？」

「うん、先生のお話があるそうよ。それと、お金を持ってきてほしいって。テレビのカードに下着の替えに、ほかにもいろいろ買いたいものがあるそうなんだけど、あの病院、保安のためにキャッシュカードや大金を持たせないでくれっていうでしょう？　手持ちが足りなくなっていたことに気づかなかったらしくて」

「テレビのカード？　そんなの夜でいいじゃないか。今じゃなきゃいけないことじゃないだろ。医者の話だって夜にしてもらえばいい」

「だけどお医者さんだって都合もあるだろうし、お母さんも、テレビはともかく、下着は替えないと嫌なんじゃないかな」

「仕事が立て込んでるって言ってなんとかしてもらってくれ。悪い、時間ないから切るよ」

「征市？　ちょっと待って」

　電話は本当に切られてしまった。もう一度かけてみるが、つながらない。

「どうしろって言うのよ……」

　わたしは路線図を再確認した。時間の計算をしていく。病院に電話をかけて時間を変えてもらうべきか、会社に電話をかけるべきか、今すぐに決めなくては。

結局、わたしは仕事を優先した。征市が病院のほうの時間を変更するように指示したのだから、それでいいじゃないか。わたしではなく征市が決めたのだ。わたしが責任を感じる必要はない。そのはずだ。

気になるけれど、気にしないようにしないと。これからも同じようなことがきっとあるだろう。気に病んでいては身が持たない。

夜を待ち、征市と一緒に病院に出向いて医師の話を聞き、病室に寄った。征市の母親は、わたしには会ってくれなかった。昼間来なかったから、というのが理由だ。どれだけ不便を感じたか、どれだけ不快だったか、閉じた扉の向こうから聞こえてきた。なにをどう言われているのか知りたい気もしたけれど、聞いても嫌な気持ちになるだけだ。今さら時間を戻すわけにもいかない。わたしは家族休憩室として利用できるデイルームに移動して征市を待つことにした。鞄の中には明日提出しなくてはいけない会議資料が入っている。チェックをしておかないと。

面会時間が終わってからやっと、征市がやってきた。デイルームの照明も、わたしのいるところを残して消されている。

「お袋、怒ってた。最後にはなんとか納得してくれたけど」

「いやもう消灯が近いからいいよ。珊瑚の顔を見たら、また怒りだすかもしれないし」

「どうしてわたしの顔を見て怒るの？　言ってくれたんだよね？　昼間行けなかったのは、わたしだけじゃなく征市も仕事で都合がつかなかったこと。夜にしてくれって言ったのは征市だって」

え？　とつぶやいて、征市がわたしを見た。今思いだしたかのような表情だ。

「ああ、……あああ、言ったよ。夜のほうが、医者の話もゆっくり聞けるし、って」

征市は眼鏡を外し、専用のクロスをポケットから出して丁寧に拭いた。言い訳を考えているときの癖だ。征市は、昼間の話を母親にしていないんじゃないだろうか。

「言ってないのね？　ひどい。まるでわたしの都合で行けなかったみたいじゃない」

「今さら言ったって。珊瑚の都合が急に悪くなったことは事実だろ」

「病院から呼び出されたのも、急に、だよ。もともと予定してなかったんだから、仕事の手当てができないのは当然でしょ」

「そんなキツい言い方しないでくれよ。僕はただ事実を言っているだけだ」

征市が目を逸らす。

たしかに事実かもしれない。だけどそれは、自分にとって不利なことは見ないという事実じゃないのか。

「征市自身が行けなかったことも言ってないの？　あなたに代わってもらえないかと訊ねたら、忙しいから行けないって言ったよね。その説明もしてないの？」

「細かいな。なんで言い方を変えて同じことを聞くんだよ。僕の仕事が忙しいことなんて、わざわざ言い訳にするほどじゃない。いつものことじゃないか」

わたしの仕事が忙しいのも、いつものことだ。社会人なら誰だってそうだろう。征市だけじゃない。

話をする気も失せて、帰りの電車では立ったままタブレット端末で資料を読んだ。途中の駅で人が増え、タブレットをしまう段になって征市がそばにいないことに気がついた。人の波に流されて奥まで行ってしまったようだ。

人波に乗ったせいなのか、わざとなのか。それは征市に聞かないとわからない。

マンションに戻ると同時に、スマホにメッセージが届いた。旅行代理店からのものだ。プレ新婚旅行に予定していた沖縄旅行の旅程表とクーポンが用意できたという。

梅雨明けしていたんだな、と今さら思う。昼間の電車が暑かったわけだ。一日中窓を閉めきっていた部屋も蒸していた。いろんなことに気づくのが遅い。時間に追われていることを実感する。こんな状態で旅行になんて行けるんだろうか。

「キャンセル、してなかったっけ」

征市がぽつりと言う。

「してないよ。だけど……無理だよね、残念だけど。今はお母さんの状態が安定してるとはいえ、いつなにがあるかわからないし」

「ああ。それにこの日、僕は出張が入ってる」

征市がカレンダーを見ながら言う。

「出張？　聞いてないけど。どうして旅行の日に出張なんて入れるの」

「てっきりキャンセルしてあると思ったんだよ。それに出張のこと、言わなかったっけ？　おかしいな」

「言われてない。聞いてない。いつ決まったの？　もうとっくに規約の日を過ぎてるし、キャンセル料だってかかるんだよ。してあるものだなんて一方的に言わないでよ。教えてくれないとわからないじゃない」

「言わなくてもわかるだろ、そのくらい。旅行なんて土台無理なんだから」

「土台って。ずっと楽しみにしてたことじゃない。最初から決めつけなくても」

「しょうがないじゃないか。事実こうなってるんだから、行けるわけないだろ。多少のキャンセル料くらい仕方ないって。自分がキャンセルを忘れたからって騒ぐなよ」

「ちょっと待って。キャンセルって、わたしがしなきゃいけないことなの？　あなたの都合でキャンセルになるんでしょ」

「僕の都合？　お袋のことは僕だけの都合なのか？」

「そうじゃなくて。征市は出張が入った時点で、旅行の日程と被ってるってわかったはずだよ。だったら言ってくれてもいいでしょ。出張は征市の都合だよね」

「その時点ではもうキャンセルが済んでいると思ってたんだってば。だから出張がキャンセルの理由じゃない。お袋の問題が最初だ。それは僕だけじゃなくふたりの問題だろ？」

「だからって一方的にわたしの役目にしないでよ！」

「わかったよ。僕がキャンセルしておくから」

征市が、深いため息をついた。続ける。

「なんなんだよ、今日は。キリキリするなよ、珊瑚。大変だとは思うけど、そんなふうにされるとこっちもどうしていいかわからない」

それ、どういう意味？　わたしだけがイラついているとでも言いたいの？　征市だっていつもの征市とは違う。穏やかでも平静でもない。頼れると感じていた征市とは全然違う。

わたしは目を閉じ、大きく息を吸った。

「そんなふうがどんなふうかわからないけど、落ち着く。落ち着いて話をします。でも、言っておくけどお母さんのことはふたりの問題じゃなく、翠さんも含めた三人の問題だよね」

「そうだな、翠もだ。だいたい、翠が当てにならないのが一番の問題なんだ。あいつがちゃんとお袋についていてくれれば、僕らがこんなにバタバタする必要はないのに」

当の翠は、まだ戻っていなかった。電話もつながらない。仕事の面接だとしてもこんなに遅いはずがない。

「翠がフラフラしてるとなると……。なあ、珊瑚、仕事をしばらく休めないか？」

「休む？　わたしが？」

「うん。仕事と介護の両立は大変だろう。そうやって精神的に追い詰められるのを見ているのも辛いよ。少しの間、一方に力を注ぐべきじゃないか？」

わたしは征市を見つめた。

征市は真剣な顔をしていたけれど、それが当然だという表情で、なんの疑問も後ろめたさも、媚びる気持ちさえも持っていないようだった。

「なにを言っているの？　どうしてわたしが休みを取るの？　取れないよ、今忙しいんだから。だいたい、旅行を短い日程にしたのだって、仕事の調整がつかないからじゃない」

「それは以前の話だろ。状況が違う」

「仕事の状況は変わらない。むしろ悪くなってるぐらい。そうじゃなくて、わたしが言いたいのは、どうしてわたしのほうが休むのかってこと。なぜ翠さんを説得しないの？　なぜ征市自身が休むって言わないの？　あなたたちのお母さんでしょう」

「今、三人の問題だって言ったばっかじゃないか。どうして他人のふりをするんだよ」

「してないでしょ。わたし、いろいろやってるでしょう」

「わかってるよ。感謝してるって。でもほかに方法がないじゃないか。僕はどうやったって仕事は休めない。大きなプロジェクトを任されてて、残業続きなんだ。知ってるだろ」

征市が言う。どうして、まず無理という否定から入るんだろう。やってみようとしないんだろう。

「なあ珊瑚、頼むよ。僕の会社は介護休暇を取った人間がいない。古臭い頭の上司が多いから、男が休む風潮がないんだ。珊瑚の会社は親会社が大手だし、そういうのはちゃんとしてるだろ。会社のサイトにも、外向けの宣伝もコミかもしれないけど、制度利用者がいるって載ってたぞ」

わざわざ調べたの？　うちの会社のサイトを。わたしを休ませるために？

「……介護休暇を取るには会社規定の条件があるのよ。三親等以内の家族の場合っていう」

「三親等？　配偶者の親って、何親等だ？　三親等以内じゃないのか？」

「一親等。でもわたしたち、まだ籍は入れてないよ。配偶者じゃない」

あくる日は、定時に会社を出た。デパートとファッションビルを数軒、ハシゴする。散財してやる、と思った。旅行のために貯めてきたお金なのだから。でもいざとなると使えない。今度行く機会まで取っておこうと思う。つくづく貧乏性だ。

だけど、今度なんてあるのだろうか。

征市の母親はそう長くないという。けど亡くなったからといって、すぐに遊びにいくわけにはいかない。やらなければならないことはたくさんある。結婚式はどうすればいいのだろう。延期すべきだろうか。日程調整もまた難しそうだ。

なによりも、このまま征市と結婚してもいいんだろうか。

母親が病気になって、気持ちが不安定なのはわかる。だけどその割に、彼自身は動いていない。やるべきことや面倒なことはこちらに投げてくる。征市は、冷たい人間ではないと思う。母親のことを心配する気持ちも悲しむ気持ちも持っているけれど、看病や介護は自分の担当じゃないと最初から除外している。

そういう考え方って、これからも変わらないんじゃないだろうか。もしもこれから、将来できるかもしれない子供にトラブルがあっても、わたしの親になにかがあっても、征市は同じようにわたしがやって当然という態度を取るだろう。

翠の存在も大きい。

翠はこれからも、ことあるごとにわたしを脅してくるだろう。十七年も前のことを、十年後も、二十年後も持ち出してくるに違いない。わたしはずっと翠に頭が上がらないままなんだろうか。

このまま結婚する道と、結婚しない道。どちらを選ぶべきなのか。

ここでドタキャンすれば、征市の母親を見捨てたも同然だ。ひどい人間だと思われるだろう。三年前に婚約者と別れたときも、わたしは非難された。特に親戚からの攻撃は激しかった。こちらの事情を聞こうともせず、体面が悪いと言われた。相手に収入がなくなったことも自己犠牲も、それ自体が嫌なわけじゃない。相手のわたしに接する態度が嫌になったのだ。

今回も同じことになるだろう。征市の母親の介護が嫌なのだと受け取られそうだ。そうじゃない。征市が、わたしが思っていたほどわたしを尊重してくれないことがわかったからだ。そんな信頼できない相手と一生を過ごすことができるだろうか。結局は、わたしの見る目がなかったということだけど。

わたしはぼんやりしながら、店のショーウインドーをひやかしていった。と、鮮やかな向日葵のプリントのワンピースが目に飛び込んできた。今まさに着るべき服、沖縄の太陽が似合いそうだ。これを着て歩けば、きっと気持ちが浮き立つだろう。

ワンピースを試着した。明るい黄色はわたしによく似合う。狭い試着室から一歩出ると、店にいた女性客が視線を寄越してきた。よくお似合いですよと褒めてくる店員のセリフは、お世辞だけではないように思えた。

わたしはもう一度鏡に自分の姿を映して、それから我に返った。高い品物じゃないから、懐はたいして痛まない。ただ、これを買っても着ていく場所がない。今年の夏は、仕事と介護で終わるのだ。無駄な買い物をするのはもったいない。

残念そうにしている店員に服を返し、そそくさと店を出る。

背後から声をかけられた。

「似合っていたのに。買わないのか？」

振り向くと、そこに立っていたのは阿曽課長だった。

その先は、思いかえすだに陳腐な展開だった。

阿曽課長が他人の愚痴を聞くのが上手い人だと、改めて思いだした。話の腰を折らない、考えを否定しない、こちらが怒れば同じように怒ってみせる。ウケない冗談にも笑う。感情が高ぶって泣きだしたら一緒になって悲しんでくれる。サービス精神に充ちているのだ。

美味しい食事で気持ちを鎮めよう、少しアルコールが入ったほうがいいかもしれない、夜景を眺めてみてはどうだろう。阿曽課長の言葉の奥にあるものに気づきながら、わたしはついていってしまった。

懐かしい匂いを感じたかった。だけどどこかが違った。それでも以前と同じように、終電時間のギリギリまでホテルで過ごした。

やけになっていたわけじゃない。よりを戻すつもりもない。……多分、戻さない。居心地はいいけれど、先がないことはわかっている。だけどほんのちょっとだけ甘えてみたい、そう思った。阿曽課長に、じゃない。自分自身に甘くなりたかったのだ。これだけ辛い目に遭っているのだから、自分を緩めてあげたい。ちょっとくらい、ふまじめなことをしても見逃してくれるはず、そう思った。

誰に見逃してもらおうというんだろう？　そう、たとえば、わたしの中にいる善悪を量るなにかにだ。

翌日、向日葵模様のワンピースを買った。着る機会がなくてもかまわない。せっかくの夏なのだ。

もうひとつなにか、思いきり無駄なことをしたかった。

12

「まじ？　まじあたしが行っていいの？　やった－。兄上最高！」

あたしはテーブルに置かれていた沖縄旅行のパンフレットをかっさらった。珊瑚が顔を強張らせて、今にも破って捨てそうだったからだ。

兄上と珊瑚のプレ新婚旅行となるはずのイベントは、母君様の入院や兄上の出張でキャンセルになるらしい。だけど手続きを忘れていたようだ。

「待ってよ、征市。沖縄旅行って、あの後あなたが取り消してくれたんじゃなかったの？」

顔の皮をひきつらせながら、珊瑚が言う。

「うん、まあ。でも珊瑚はすごく楽しみにしてただろ。それにここのところお袋のことで苦労をかけてるし、リフレッシュが必要じゃないかと思ってさ。たまにはふたりで羽を伸ばしてこいよ」

兄上がおもねるように笑う。どうやらこれは、さらにキャンセルを忘れたのが半分、珊瑚を怒らせたのが半分のようだ。どっちにせよあたしには関係ない。一度手に入れたものは離すものか。

「ふたりでってどういう――」

「だよねー、やっぱたまには羽を伸ばすべきなんだって」

珊瑚にそれ以上言わせないよう言葉を奪うと、兄上がつっこんできた。

「翠、おまえに対してはちょっと違う。羽じゃなくてニンジンだ。この旅行をご褒美としてやるから、しばらくお袋の世話に専念しろ。バイトも探しにいかなくていい。おまえがフラフラしてると、僕や珊瑚が病院から呼び出されて困るんだ」

「バイトしないと食べていけないよ。貯金もないってのにさ」

「しばらく養ってやるから」

それ、母君様が死ぬまでは、ってこと？　さすがに訊けないけど。

「養う、ねえ。でもあたしにも多少は友だちづきあいがあるんだよ」

プラスの小遣い、あるのかなってこと。

「わかってる。でも控えろ。まず一番に考えるべきはお袋だ」

あたしはうなずいた。つまり兄上たちは、あたしがサボったときに文句の言える状況を作りたかったわけね。あたしを介護要員として金で雇うってことか。ま、いいか。こっちも要求がしやすい。それに控える、は、やめる、じゃない。

「わたしは……、わたしは納得できない。どうしてそうなるの？　それのどこがリフレッシュなの？」

珊瑚が震え声で問う。決まったことを引っかき回すのはやめてよね。

「僕もいろいろ考えたんだよ。会社の人にも聞いた。家族が入院してるからって、そればっかり考えたり病院の都合を優先してると煮詰まるらしい。視野も狭くなる。いつしか我慢させられている気分になるそうだ。そうならないためには、適度に息抜きが必要なんだよ」

「そのくらいわかってる。そうじゃなくて――」

「珊瑚、僕はおまえを介護うつなんかにしたくないんだ。いるんだよ、うちの会社に。奥さんがそうなっちゃったヤツが。大変だよってアドバイスしてくれたよ」

「それ、その夫のほうが非協力的だったから、妻がそうなったんじゃないの？」

うわ、珊瑚ってば、きっつー。暗に兄上が非協力的だって言ってるようなもんじゃん。

兄上にもそれは伝わったようで、ちょっとだけムッとしてたけど堪（こら）えたようだ。ふたりがここで喧嘩すると、せっかくの旅行がなくなっちゃってあたしも困る。

「そうじゃないよ。奥さんの親だし、そいつもよくやってると思うよ。それにたびたび旅行に連れ出してる。だから僕もこの旅行をキャンセルすべきじゃないと思ったんだ。ただ、僕はその日出張で、どうしても都合がつかないから」

「だからって、どうして翠……、翠さんと一緒にって話になるの？」

あたしは、いやだぁーと言って、珊瑚にしがみついた。

「いーじゃん。行こうよ。海！　輝く太陽！　楽しいよ、きっと」

「楽しくなんてない」

「どーしてえー。一緒に遊ぶの、中学のとき以来だよね。すっごく懐かしい。覚えてるよねえ、あのころ。修学旅行とか」

ちょっとわざとらしかっただろうか。案の定、珊瑚が睨んできた。

「翠さん、あなたね」

「やーん。だから翠でいいってば。親友だったんだからさ。あたしは忘れてないよ。ね、珊瑚も沖縄に行くつもりでプールとかがんばってきたんじゃん。あたしも今度こそ珊瑚に泳ぎを教えてもらわなきゃ。約束したもんね」

「約束なんてしてない」

「そうだっけ？　じゃあそれはいいや。あたしは新しい男でも探そう。あ、珊瑚はダメだからね。そこは自重して。兄上、あたしがちゃんと見てるから安心してねー」

兄上が苦笑した。珊瑚がふらつくとかそういうことは、はなっから考えていない表情だ。甘いね。なにも知らないんだ。

「お母さんのことはどうするつもりなの。征市が出張で、わたしと翠さんが旅行に出かけるんじゃ、なにもできないじゃない」

「だいじょうぶだ。容態は安定してるし、基本は完全看護だ。それにこの話はお袋から出たんだ」

「お母さんが?」

珊瑚が驚いている。

「この間珊瑚にキツく当たったこと、お袋は気にしていたんだ。仕事だから仕方ないこともあるって、頭ではわかってるって謝ってたよ。それでもつい苛々(いらいら)して気持ちがコントロールできないんだ、だってさ。なにかあったら連絡をくれるよう病院にも頼んだし、お袋自身も、友だちや勤めてた会社の人に集中して見舞いに来てくれるよう頼んだらしい。この間みたいな買い物なら、その人たちにやってもらえるから安心してくれって」

「なーんだ。それができるなら、最初からそっちに頼んでおけばいいのに」

あたしが口を挟むと、兄上と珊瑚のふたりから怖い顔をされた。おっと、失言。でも本音なんだけどな。

「だけど、三日もお母さんを放っておくなんて」

珊瑚がまだぐだぐだと言っている。引っかかってるのは母君様じゃなく、あたしと一緒ってことなんだろうけどね。往生際の悪いヤツ。

あたしは、新しい切り札をいつ出すべきかと考えている。できればもうちょっと温存しておきたいカード。

珊瑚に不倫の経験があるなんて笑えるよねー。

あたしは兄上の指示どおり、時間きっちりに母君様の病院に行った。今日の業務は話し相手。苦手な分野だけど、ここはまじめに務めないとニンジンを取り上げられちゃう。

久しぶりに会った母君様は、さらに痩せていてぎょっとした。

寝ていればいいのにと思ったけれど、ずっと横になっていると肺に水が溜まってよくないらしい。あたしはベッドの頭を上げたり下げたりしてやった。けっこう働くじゃん、あたし。

沖縄旅行の礼を言うと、母君様は嬉しそうな顔になった。そして小遣いまでくれた。どういう風の吹き回しだろう。最後にいい人になっておきたいんだろうか。ともあれ、金があるっていいもんだ。

あたしは早速、新しい水着を買った。

ほかにもあれこれと買い揃えて帰宅した。ひとつずつ部屋に並べていく。二泊三日で、しかも夏の旅行だ。着替えはTシャツ程度でいいはず。だけどせっかくリゾートに行くのにそれもつまらない。なにか明るくて可愛い服はないだろうか。

あたしは自分の荷物をひっくりかえした。これぞというものが見つからない。ダメもとのつもりで珊瑚のクローゼットを確認する。珊瑚の持っている服は地味なものばかりだけど、ブランド物のスカーフはあったはず。組みあわせればなんとかなるかもしれない。

「つーか、あるじゃん。これこれ」

クローゼットを開けた途端、黄色の向日葵が目に留まった。別世界から持ってきたかのようにそこだけ鮮やかだ。ひと目で自分に似合うとわかる。

あたしは早速ワンピースを着てみた。サイズもぴったり。鏡に映った自分を眺める。最高だ。髪の色を戻そうかな。せめてアップにしてみてはどうだろう。ビーズがたくさんついたシュシュがあったはずだ。ワンピースを着たまま自分の部屋に戻り、髪をまとめてシュシュをつけ、軽く一回転してみる。スカートがふんわりと風を孕(はら)んで、気分が上がってくる。

「こういう恰好でオリオンビールとか飲めたら、いいかも」

あいにく冷蔵庫に入っているのは普通のビールだけど。いや、ビールでさえない。兄上と珊瑚は飲まないので自分で買うしかなく、第三のビールしか手が出ないのだ。

「ちょっとは飲めるようになってもらわないと、こっちが困るんだよなあ」

雰囲気だけでも味わおうと、あたしはリビングのソファに陣取った。第三のビールの缶を開ける。こぼれた泡がワンピースに垂れた。やばいやばい。大理石のサイドテーブルに缶を置いて、タオルを持ってくる。

そのとき、リビングの扉が開いた。

「なにをやっているの」

珊瑚が立っていた。

「あ、おかえり。早いねえ」

「おかえりじゃないっ。それ、わたしの服じゃない。なに着てるの。しかもなにしたの？　やだ、アルコールくさい。ビールこぼしたの？」

「こぼしてなんてないよ。このタオルは、汗をつけちゃいけないなって」

「脱ぎなさい！」

珊瑚が手を伸ばしてくる。

「脱ぐよ。今脱ぐって。けどこれ、いいよねー。旅行のために買ったの？　共有しない？　ほら、そのほうが荷物も少なくて済むじゃん。旅慣れた人間って、鞄も小さいよね」

「脱いで。服はどこ？　それまで着てた服は？」

「ひっぱると破れるって」

あたしが笑顔を作ると、珊瑚は突然手を離し、リビングを出て廊下を進む。

「着替えなさいよ。なにかほかの服を――」

騒ぎながらあたしの部屋の扉を開けた珊瑚が、息を呑んだ。

あたしなにかしたっけと思いながら、珊瑚の後ろから自分の部屋に入る。散らかっているけれど、これといっておかしなところはない。ほかに珊瑚のもの、借りてないよね。

「……この水着、買ったの？　Tシャツに、ビーチサンダルも。まだ値札がついてるよね」

「うん。あたしの水着古かったじゃん。知ってるよね」

「どうして買えるの。お金がないって言ってたの、誰？」

「小遣いを貰ったんだよ、母君様に。滅多にないことだから嵐が来ないことを祈るけど」

あたしが答えると、珊瑚はますますすごい顔で、それこそシーサーかよとつっこみたくなるほど眉を怒らせて睨んできた。

「さっき、お母さんから電話があった。お金が足りなくなったから持ってきてくれって。ついこの間、持っていったばかりなのに」

「えー？　あたしが盗ったとか思ったの？　違うよ、あの人がくれるって言ったんだよ」

「お母さんが翠さんにお小遣いだなんて信じられない」

「ちょっとなにそれ、失礼すぎー」

信じられるの信じられないのと言い争いになった。そのうちに兄上が帰ってきて、病院の母君様に確認して、やっとあたしは無実を証明することができた。

珊瑚は謝ってきたけど、悪いと思っていないような表情でムカついた。しかもワンピースもすぐに取り上げられたのだ。ケチなヤツ。

今こそ、あのカードを切るべきだろうか。兄上もいる前で、さらっと、口を滑らせたみたいに言ってやろうか。

親が子供にお小遣いをやるなんて全然普通じゃない？　珊瑚みたいに愛人から貰うよりいいんじゃない、なんて。

あたしはばっちり調べをつけたんだから。珊瑚があたしにくれたスーツは、あの阿曽課長って人がプレゼントしたらしい。本人から聞いたんだから間違いない。珊瑚ってば、まじめな顔をしてとんでもないヤツだ。あたしでさえ、愛人なんて手は使ったことがないのに。ま、外見で誤解されがちだけどね。あたし派手そうだから。でも誘惑が多い分、警戒もしてるし予防線も張ってる。なによりおじさんはタイプじゃない。兄上といい、阿曽っておっさんといい、珊瑚とあたしは男の好みが違うってつくづく思う。

珊瑚が前の男と別れることになったきっかけも、そいつと婚約までいってたことも聞き出した。まあ、あたしもバーターで、母君様が原因でうちがバタバタしてることを教えたけどね。

でもそんな過ちのひとつやふたつ、誰にだってあるって、開き直られちゃったからそれでおしまい。今後の情報提供も、必要ないってさらりと返された。

たしかに過去のことだから、どれだけ効果があるかわからない。兄上もみんな知ってるこ

とかもしれない。そうすると無駄弾を撃つことになるし、旅行前に騒ぎ立てると逆効果になっちゃう。

うーん、もっと強力なカードはないかな。

たとえば――アプローチの相手を変えてみるとかはどう？

13

朝着替えるときに、クローゼットの中身が目に入った。どの服よりも目立つ、向日葵のワンピース。失敗した、と思う。どうして隠しておかなかったのだろう。翠がわたしたちのいない間になにをしているか、想像くらいつくだろうに。

こんなワンピース、どうせ安物だし、もう捨ててしまおうか。

腹立たしさを抱えながら仕事に向かう。お客のクレームやいつまでも終わらない資料作り、同じ話を繰りかえす会議にうんざりする。なにをやっているんだろう、わたしは。

今いるここから脱出したい。いや、仕事ならコントロールもできる。辞めるなんてとんでもない。脱出したいのはあの部屋だ。

沖縄旅行も行く気にならない。わたしの分も翠に譲って、誰か適当な相手と一緒に行ってもらおうか。征市から話を持ちかけられたとき、一度はそれも考えた。もったいないから嫌だったけれど、翠と一緒に三日も行動するなんて、とても耐えられない。

いや待って。冷静に。冷静にならなくては。

それでは翠に美味しい思いをさせるだけ。それは悔しい。どうせ行かないのなら、あらかじめ伝えようが、当日に突然やめると言おうが同じだ。その後、翠がどうするかなんて知ったことじゃない。どこに行けばいいかわからなくて泣いてしまうなら胸がすくし、なりふりかまわず誰かをピックアップしようにもロクな相手はつかまらないだろう。どうぞご勝手に、だ。

加えて当日の体調不良なら、征市や征市の母親への言い訳も立つ。今、わたしが行きたくないと言えば、理由を問われる。征市も、彼の母親も、善いことをしているつもりなのだ。そういうのが一番厄介だ。翠と一緒にいたくないと言い張ると、悪者になってしまう。

決めた。ドタキャンしよう。どうにか途中で翠をまいてやろう。

わたしは会議中にもかかわらず、ほくそ笑んでいた。課長をはじめ同僚たちが訝しげに見てきたが、まったく気にならなかった。

帰りにスポーツクラブのプールに寄ることにした。

今までどおり、旅行を楽しみにしているふり。そして、疲れていたのに無理をして身体を壊したという、理由を作るのだ。

いつものように、右から三番目のコースで泳ぐ。二十五メートルのプールを何回か往復したところで、少し休憩を入れようとプールの縁に手をついた。ふいに、征市を待っていたところに翠が突然現われた日のことを思いだし、不安がよぎる。でも今日は、ビジターズチケットは預けていない。なにを心配しているのだろうと可笑しく思った。――そのとき。

目の前に、影が立った。

ぎょっとして見上げると、阿曽課長がいた。

「会社に電話したら八木くんはいそいそと帰ったって、ロッカーから大きな荷物を持っていったって言うから、きっとここだと思って」

それでわざわざ来たの？

温水プールだというのに、身体が一気に冷えた。阿曽課長からわたしにかまってきてほしくなかった。突き放してくれるならまだ、頼りたい気持ちも起きたのに。

「泳がれるんですか？　阿曽課長」

「もう一度がんばってみようと思ってね。そろそろ健康が気になる歳だし、今度こそ続けないと」

「最近、ずいぶん時間の余裕がおありなんですね」

「プロジェクトとプロジェクトの合間でね。まとめてリフレッシュだ」

阿曽課長が、するりと水に入ってくる。プールのひとコースは、向こうに進む人とこちらに戻る人が行き交えるほど幅がある。わたしはコースの左端に身をよけた。

「このコース、空きますよ。ちょうど出るところです」

「そう。この後の予定は？」

上がろうとしていたわたしの手を、阿曽課長が水中で握る。

「約束があります。そろそろ着替えないといけないので、それじゃ」

もちろん嘘だ。わたしは一歩下がって阿曽課長の手から逃れた。ロープを水中からくぐって一番右のコースに辿り着く。プールサイドへの梯子（はしご）段がある。

後ろも見ずに水から上がり、歩きだしたところでまた、目の前に阿曽課長が立った。阿曽課長はプールの縁から直接上がったようだ。

「すぐに帰ることはないじゃないか」

「もう充分泳いだんです。本当に時間が押してるんですよ」

「話があるんだ。少しでいいんだけどな」

手こそ握ってこないが、阿曽課長はわたしの行く方向、行く方向へと身体を寄せてきた。水を浴びた身体が、なにも着ていないときよりも生々しい。

カルキ臭がした。

これこそがわたしの知っていた阿曽課長の匂いだったのだと、やっと気づいた。三年前はよくここで泳いでいたから。その後食事をして、終電まで過ごしていたから。

「この間は……、むしゃくしゃしていただけです。もう落ち着いてますから」

そばにいる阿曽課長にしか聞こえない声で言った。

「わかってるよ。ただほんのちょっとでいいんだ。渡したいものもあるし」

照れた表情で阿曽課長が笑う。そんな顔をしながらも、譲るつもりはないようだ。

ロッカールームの外で落ちあうことにした。話が終わり次第、すぐに帰ろう。結局泳ぐつもりな化粧を整えて廊下に出ると、阿曽課長がスーツに着替えて待っていた。結局泳ぐつもりなどなかったのか。

「これを八木くんにと思って」

阿曽課長は、黒いビジネスバッグとともに紙袋を持っていた。見覚えのある店名が華奢なロゴでプリントされている。

「……この服」

「似合っていたから」

向日葵の模様のワンピースだった。あの日、阿曽課長に会う直前に試着したものだ。

「どうしてこんなこと、するんですか」

「ちょっとしたプレゼントだよ。さっき水着を買いにデパートに行ったら目について、そういえばって思いだした、それだけだ。そんなに高くないし――」

「値段は知ってます。だからって受け取れません。受け取る理由もありません」

「理由なんて、そんな堅苦しいこと考えなくていいから」

わたしは紙袋を阿曽課長に押しかえした。

「阿曽課長。この間は、わたしもすみませんでした。ただはっきり言っておきますが、わたしは阿曽課長ともう一度おつきあいするつもりはないんです」

「うん、わかってる。でもそういうことはあまりこだわらずに、美味しいメシでも食べればいいんじゃないかな」

伝わっているのか伝わっていないのか、阿曽課長はさらりと言う。

こんな人じゃなかったはずだ。そんな、どうとでもとれるこずるい言い方はしてほしくない。どうしちゃったんだろう。……いや、もう違っていたじゃないか。

匂いも態度も、わたしが頼りにしていたあのころの阿曽課長じゃないのだ。

「遠慮しておきます。ごはんは自分で食べたいものを食べます。そのくらいは稼いでます」

「ごはんは楽しい話をしながら食べたほうがいいと思うよ。八木くん、痩せたね。旦那さんになる人とその妹さんと一緒に暮らしてるんだよね。ストレスがかかってるんじゃない？」

「適当に発散させてます。阿曽課長にもご迷惑をかけてすみませんでした」

「迷惑なんてとんでもないよ。そりゃああいうユニークな妹さんじゃ、君も大変だと思うよ。僕でよければいつでも――」

「今、なんておっしゃいました？」

阿曽課長が不思議そうな顔をした。わたしは問い直す。

「ああいうユニークな、っておっしゃいましたよね？　会ったんですか？」

「いやほら、たまたまだよ。君のところのショールームでね。偶然見かけたんだよ。八木くんのスーツを着ていただろ」

「……スーツ」

あのスーツは、阿曽課長に貰ったものだ。だから捨てるつもりで翠に渡した。ショールームで翠に会ったというのは面接のときだろうか。よりによってその日に、阿曽課長が来ていた？

わたしときたら、なんて失敗を。

「阿曽課長のほうから声をかけたんですか？」

翠が阿曽課長を知っているはずがない。

「君と間違えてね。まあそれで……」

「なにを話したんですか！　なにか話したんですか！」

「いや私はなにも話していないよ。八木くんが話したんだろう？」

「わたしがなにを？」

目の前がくらりと反転する。

「昔の私たちのことをだ。……君が全部教えてくれたって、彼女は言っていたけれど」

足元が、ずぶりと泥のようなものに呑み込まれていく気がした。

「それで！　それで阿曽課長は肯定したんですか」

「だって君が、話したって言うから」

「嘘です、それは。カマをかけられたんです」

え？　と、声とも息ともつかない音を発したまま、阿曽課長が黙った。

「……そんな。翠が知ってるなんて、……翠が」

息が苦しくなってきた。

こんなことありえない。そこまでするのか。いや、それを知ったまま翠は、どうして黙っているのだ。

「それは申し訳なかったね。ただ、彼女、野瀬さんという女性は言ったんだ。君とは親友だと。君の相談相手になっていて、だからスーツも貰ったのだと。もちろんお兄さんには秘密にするから安心してくれていいって」

「どうして信用するんですか！」

「信用するもなにも、そんなの私にわかるわけがないだろう。たしかにちょっと変わった女性だとは、話しているうちに思ったが。だけど最初に、君の親友で、婚約者の妹だって言うから」

「ほかには、なにを話しましたか」

「いやなにも。仕事を紹介してほしいと言われたけれど、それは無理だと断わった。適当な仕事も思い当たらないしね」

わたしは唇を嚙んだ。

翠が知っている。翠は、どう出てくるつもりだろう。

「八木くん。そんな顔をしないでくれ。私は彼女がもとから知っていると言った話にしか、うなずいていないよ。君が話したんだと思っていたからね。でも、誰にも喋らないように念を押しておいたよ。もし彼女からなにか言われたら、終わった話だとつっぱねればいい」

「終わった話？」

たしかに三年前に関してはそうだ。でも、だとしたら、そのワンピースはなんなのだ。どうして今、わたしにアクションを起こしてくるのだ。

「これからのことは、まだはじまったばかりだしね。気をつけていれば悟られはしないよ」

わたしの質問を誤解する形で、阿曽課長が答えた。

なにをはじめようというのだろう。悟られない関係ってなんだろう。語るに落ちている。

……結局は遊び相手ということか。三年前あっさり別れてくれたのも、後腐れなく終えたかったからかもしれない。

「阿曽課長、翠からなにを聞いてますか？」

「え？」

「翠はなにを言いました？　わたしと征市の話はしませんでしたか？　征市の母親の話は？翠を見て、わたしの置かれた状況をどう思ったのですか？」

翠から話を聞いて、以前と同じようにわたしの気持ちが揺れていると踏んだのだろう。そしてわたしが揺れていれば、また容易（たやす）くもとの関係に、と。

「なにも聞いていないよ」

その答えを、阿曽課長の表情が裏切っていた。

「失礼します。もう今後一切、お会いしたくありません。わたしだけじゃなく、翠とも会わないでください」

わたしは頭を下げた。運よく、団体の女性客が廊下に現われてくれた。はしゃぐ彼女らに隠れるようにして、足早にその場を去る。

つくづく自分の行動が悔やまれる。この間のことは、翠に気づかれていないだろうか。阿曽課長は終わった話だと言ったそうだけど。

翠はなんてことをするんだ。阿曽課長のことを知ってどうしようというんだろう。親友だなんて嘘までついて、わたしの周りを探って。

気をつけなきゃ。なにも知られないように、探られないように、そして侮られないように。さもなきゃ、わたしは翠に弱みを握られたままになる。……いやもうすでに、翠はいろんなことを知りすぎている。翠のそばにいたら、わたしは大変なことになる。

どうにかしないといけない。どうにか。でも、どうすればいい？

「お客様、ロッカーの鍵を」

ふいに声がかかった。

スポーツクラブの受付を、鍵の返却もせずに抜けようとしたためだ。バツの悪さに何度も頭を下げるわたしに、スタッフは笑顔で応対してくれた。受付の背後、ガラス越しにプールが見える。

「……プール」

わたしは思いだした。いや、なぜ今まで忘れていたんだろうと可笑しくなる。

やっぱり沖縄に行こう。

数日後の早朝、征市が大きな荷物を持って出かけていった。福岡に五日も出張するのだという。

「珊瑚も明日から、翠と沖縄旅行だろ。気をつけて行ってこいよ」

征市は、なにも知らずに玄関で手を振った。

14

玄関の扉に音がしたので、珊瑚が帰ってきたのだろうと無視した。

すぐにインターフォンが鳴る。何度も何度もしつこいくらいに。扉が叩かれ、ノブががたがたいう。鍵を忘れたのだろうか。珊瑚って自分で言うほどしっかりしていない。結構抜けてるのだ。

あたしは荷造りを途中にして立ち上がった。と、立ったはいいけれど、扉に向かう次の一歩をどこに置けばいいのかためらう。我ながら、足の踏み場もない床だ。化粧品を並べてどれをポーチに入れるか悩み、水着や服を一度詰め込んだもののもっと可愛い柄のTシャツがあったはずだと引っぱり出し、あれやこれやと試着していたせいだ。今着ているのは、例の向日葵柄のワンピース。着替えないと、また珊瑚が怒るかもしれない。

まあいいか。適当に謝っておこうと扉を開ける。

「えっ？」

うっかりと全開にしてしまった扉の向こうに、一度だけ会った女が、怖い顔で立っていた。いや、正確には二度だ。一度目は珊瑚の会社のショールームで見かけた。その後、会いにいったのが二度目。

「……あなた……、どうして」

その女、阿曽百合子が、あたしの顔から爪先まで眺め下ろし、ぽかんと口を開けた。あたしもまた彼女の恰好に驚いたけれど、口からは別の言葉が出る。

「えー、ま、まじ？　もしかして住所調べたの？　げげ！　すごい行動力、つーか、今日はまだ、珊瑚帰ってないんですけどぉ」

べらべらと喋りながら、あたしは焦っていた。

百合子に会いにいったのはほんの二日前のことだ。珊瑚と、百合子の夫の阿曽ってのが昔やばい関係だったと気づいたあたしは、百合子がどこまで知ってるのか探ってみた。

阿曽ってのがあまりにも堂々としてるから、妻公認とかそういう冷めた夫婦関係かと思ったのだ。状況によって、なにが弱みになるか違ってくるし、無駄弾を撃っても仕方ないからね。

もちろんあたしだってバカじゃないから、ストレートに訊くわけないけど。

あたしは珊瑚の親友で、センスのいい結婚祝いを探してる。できればキッチン用品。でも結婚してる友だち、特にハイソな生活を送ってる人が周囲にいないからなにを参考にしていいかわからない。珊瑚は以前、家庭教師先の、つまりおたく、百合子ん家がおしゃれだって褒めていたんだよね、ここは教えを請うべきだと思ってぇ、……なんて話を並べ立てて呼び出したわけ。

百合子は深窓のご令嬢がそのままイイトコのオクサマになったような人だった。あたしの周囲にはいないタイプ。コーヒー一杯に千円以上取る店でお茶をする羽目になって驚いたけれど、それ以上に変な人でビックリした。

百合子はスローモーな話し方がベースのくせに、急にテンションが高くなる。鈍い人かと思っていたら、突然、鋭くもなる。とにかく動きの読めない人なのだ。どう口を滑らせたのか未だにあたしはわからないのだけど、いや、スポーツクラブのプールの話をしたときのことだったかな、珊瑚は身体にいいことをしている錯覚が欲しくて泳ぎにいくんだよね、って話した。そしたら突然、百合子の中でジグソーパズルのピースがはまっちゃったのか、珊瑚と夫に関係があったことに「ピン」ときちゃったみたい。もちろんごまかして帰ってきたんだけど、ごまかしきれなかったのかな。ここに来ちゃってるってことは。

しかも、だ。

「あなた……そのワンピース、どうしてその服を着ているの」

百合子の唇が、どんどん歪んでいく。目じりもぎゅんと上がっている。やってきたときの顔も怖かったけど、それ以上に、いつだったかの珊瑚がシーサーならこの魔物はなんだろうっていうぐらい、怪獣並みになっていく。で、そんな顔にはとうてい似合わないんだけど、百合子が着ている服は、あたしと同じ向日葵のワンピースなのだ。

つまりおそろ。同じ服を着てるふたりで向かい合ってる、シュールな状況なわけ。

「えーと、か、可愛いよね、これ」

どうして百合子が同じ服を持っているのだろう。偶然？　いやいや、そんな言い訳は通らない。それで騙せるならよほどのバカだ。

答えはひとつ。珊瑚と阿曽って男の関係は、過去じゃない。現在形だ。この服、阿曽のプレゼントだったんだろう。バレバレじゃん。

ってゆーか、本当にバカじゃないの？　阿曽って。どうして不倫相手と妻に同じ服を着せるかね。混乱しないように？　一方が着てる姿を見ながらもう一方の姿を想像するとか？　やだ変態。

「……あなたも、だったの？　ううん、まさかあなたのほうが本命で、この間、わたくしに言った話は嘘だったの？」

「なんの話？　あたし、なにも言ってないよね」

あんたが勝手に想像して、それが当たっちゃっただけでしょ。だからあたしは悪くない。珊瑚のことも、告げ口したわけじゃない。プールになんの秘密があるか知らないけど、変なことは言ってない。うん、告げ口なんてもったいないことしないって。肯定もしなかったじゃんね。

「そうやってシラを切るつもりね。通用すると思ってるの？　その服が証拠じゃないの！」

百合子が、持っていたヴィトンの鞄であたしの腰をはたいた。ワンピースの向日葵が揺れる。

「あ、そっちか。本命ってそういう。あたしがあんたの夫とどうこうって思ったわけね。その誤解はないって。考えすぎ」

「なにが誤解ですか。どう見たってあなたのほうが愛人顔じゃないの」

「ちょ、それ言いすぎだって。失礼だなー」

「なにが失礼よ。道理でおかしいと思ったわ。急にこんな服買ってきて、どういうつもりかしらって不思議だったけど」

「待った、待った。まじ、ありえないから。超ありえねえ。あたしはあんたんちのおっさん、全然好みじゃない」

「ああ、嫌だわ。嫌だ。なんでこんな服を着てきちゃったんでしょう。いくら夏だからって、いくら暑かったからって」

百合子が、膝上のあたりを何度も引っぱりながら、いくら、いくら、と繰りかえす。いや、いくら嫌だからって、それ以上やると服が破れるよ。

「あのさ、人の話、聞いてる？　あたしはまったく関係ない。これは珊瑚の服なの。珊瑚が自分で買ったのかプレゼントされたのかは聞いてないけど……、って痛っ」

いきなり肩を押された。おとなしそうな顔をして、怖いったらない。

百合子はあたしを押しながら玄関に入った。蹴るようにしてミュールを脱ぎ捨てる。その勢いに、あたしは後ずさるしかない。

「上がらせてもらいますからね！　八木さん！　八木さんいないの？」

そのままずんずんと廊下をやってくるものだから、あたしはお尻でリビングへの扉を開けることになった。百合子は邪魔だとばかりにあたしを突いてリビングに押しいり、奥まで行ってソファの裏側を覗く。それればかりか隣の部屋、寝室の扉まで開ける。

「隠れてないで出てらっしゃい！」

「まだ帰ってないって言ってるじゃん。あんたまじ、話聞かないんだから。聞きなよ、ちゃんと。あんたの夫と浮気してたのは珊瑚。これが事実。いくらあたしが美人でも、あたしは関係ないの。ＯＫ？」

「……やっぱりそうなのね」

百合子の顔の筋肉が、変なふうに崩れた。みるみるうちに、目が真っ赤になってくる。

「やっぱり浮気してたのね。ずっと……、ずっと認めないし……、証拠はあれこれあるのに、あの人ときたら」

百合子は涙をだらだらとこぼしてる。

なんて面倒な女なんだ。やっぱりそうなのねもなにもないだろうに。……ってゆーか、あれれ？　もしかしたら今まで、絶対の確証はなかったわけ？　女がいるんじゃ、とか、怪しい、とかそういう、あやふやな感覚だった？

やばい。あたしってば、それを確定させちゃった。

「信じてたのにっ！」

百合子がソファの上のクッションを摑んで、あたしにぶつけてくる。ぶつける相手が違うって！

そのとき玄関で音がした。インターフォンも鳴る。

あたしは飛んでくる二個目と三個目のクッションを腕で防ぎながら、叫んだ。

「開いてるよ！　珊瑚、あんた、ちゃんと落とし前つけてよね！　あたしは知らないからね」

確定はさせちゃったけど、悪いのは珊瑚だもんね。これから結婚しようってのに、ほかの男といちゃつくなんて間違ってる。兄上がかわいそう。そう、その兄上の妹なんだから、あたしだって被害者だ。つまりあたしは悪くない。

扉の軋（きし）む音がして、その後、どすどすと足音が聞こえた。背後から肩を摑まれ、壁際に避（よ）けさせられる。

「百合子！」

え？　と思って振り向くと、阿曽が後ろに立っていた。今の、珊瑚じゃなかったんだ。

「あなた、あなたやっぱり。こんなところにふたりも囲って」

あたしは違うってば。それに、囲って、ってなんなんだ。何時代だ。

「バカなことを言うんじゃない。おまえの誤解だよ。話せばわかる。ちゃんと話を聞いてくれ」

話を聞くなんてこと、この女には無理だと思う。

「もう騙されないから。わたくしはちゃんと聞いたのよ、この人から。それになによ、このワンピース。同じじゃないの！」

百合子があたしを指さす。

阿曽がいまはじめて気づいたかのように、丸い目で百合子とあたしを見比べる。同じワンピースを着たふたりの女を。

「どうしてその服を、……いや。いいや、百合子。こんな頭の軽そうな女の話なんて信用するんじゃない」

「はあ？　おっさん、どういう意味だよ、それ。誰の頭が軽いって？」

「君は話に加わらないでくれ。ややこしくなる。かき回さないでくれ」

「ふたりして他人の家に乗り込んで、なに勝手なこと言ってんのさ」

あたしの話はおっさんと百合子の耳に入っているのかどうか、ふたり、見つめあっている。

「あなたはいつもそうやって、わたくしの言うことを一方的に封じ込めるのよ」

「封じ込めちゃいない。尊重しているよ。ただ百合子は想像力が豊かすぎるんだ。だから気持ちがぐらぐらしてしまうんだ」

「わたくしが精神的に不安定だって言いたいのね？　そうなのね？　わたくしが悪いのね？」

「違う。悪くはない。私はただ、心配しているだけだ。心配してるから、こうやって追いかけてきたんじゃないか。さあ、戻ろう」

「嫌です！　今日という今日ははっきりさせます」

「っつーか、おっさん。あんた、妻のアタマがおかしくなってるって言いながら、なんで浮気してんの。ひどすぎ！」

あたしのひとことで、騒いでいたふたりが突然黙った。

まずいか？　今のセリフ、まずいのか？

「いやあぁぁあっ。あああぁぁぁぁぁぁ」

おおげさな声を上げて、百合子がソファにつっぷした。芝居がかっているけれど、どうやら心からの行動のようだ。おっさん、いや阿曽はあたしを睨んでくる。

悪いのはあたしじゃないのに、なぜ睨むんだよ。悪いのはあんたであり、珊瑚であり――

玄関に、音がした。

「翠さん！　あなたどんな靴の脱ぎ方してるのよ。しかもヴィトンのミュールって、どんだけ高い靴買ったのよ。無駄遣いもいいかげんに」

足音荒く騒ぎながら、珊瑚がリビングに入ってきた。左の手にはミュールを持っている。でもあたしたち三人を見て、ぴたりと声も足も止めた。

「それはわたくしのものよ」

さっきまで泣いていた百合子が——いや今も大泣きの最中だけど、きりっと顔を上げた。濡れた目をぎらぎら光らせ、珊瑚を睨んでいる。

「……どうして、ここに」

珊瑚が顔を引きつらせながら、百合子、阿曽、あたし、と眺めてくる。あたしに対しては、妙に恨みがましい目を向けてくる。

なんで？　あたし悪くないってば。関係ないじゃん、この構図には。あんたたちのごたごたに巻き込まないでよ。ってゆーか、あたし、退散したほうがいいかな。

「じゃあ後は、皆さんでごゆっくり」

あたしはそろりそろりと、壁を伝うように後ろへ下がった。と、リビングの扉のそばにいた珊瑚に腕を摑まれる。

「ちょ、離してよ。夕飯、食べてくる」

「翠が引き入れたのっ？」

嚙みつくように言われた。違わないけど、違う。

「この人たち、勝手に入ってきたんだって」

「なに言ってるの。翠が扉を開けなきゃ部屋の中に入れるわけないでしょ。あんたはまったく、面倒なことばっかり。どこまでわたしの足をすくうつもり？」

「いやー、でもあたし部外者だよね。ってゆーか珊瑚ってば、いつの間にか、翠さんじゃなく、翠になってるね。あはは」

あたしは少しでも場を和ませようと、笑い声をあげてみた。

腕を摑む珊瑚の手の力が、いっそう強くなる。余計怒らせたみたいだ。でもあたしに怒るの、筋違いなんだけど。

「わたくしのものだって言ったのが聞こえなかったの？　返しなさい！」

百合子が、震えながらも大きな声で言った。立ちあがる。

珊瑚が声にぴくりと反応して、左手に持ったミュールを差し出した。でも右手はあたしの腕を摑んだままだ。その姿勢のまま、一歩前に出ようとする。あたしは引きずられまいと足を踏ん張った。行くならひとりで行って。

歩み寄ってこない珊瑚を睨んだまま、百合子は仁王立ちになって動かない。ミュールは手渡されないままだ。

動いたのは阿曽だった。珊瑚の手からミュールを受け取って、百合子に手渡そうとする。

百合子はその手を払いのけた。床に、ミュールの投げ出された音が鳴る。

「やっぱりそうなのね。あなたはその女を庇(かば)うのね」

「庇うってなにがだ。私はただ、百合子が靴を返せと言うから」

「わたくしが、わたくしがその女を、謝らせようと思ったの。思ったのに、あなたはっ」

どういう思考回路かはわからない。でも百合子はミュールを返させて、珊瑚をひっぱたこうとでもしたのだろう。それを邪魔された気分なんだろう。

百合子は両の手で自分の肩を抱き、その肩から腕を苛々と掻き毟(むし)った。白い肌に赤い線がついていく。力余ってか皮膚を破り、痛っ、とつぶやいた。そして足元に置いていた自分の鞄を摑み、胸元でぎゅっと抱きしめる。

中から、短めの包丁を出した。

「百合子っ？」

阿曽が叫ぶ。

「殺してやるっ！」

誰を？　どっちを？　あたしじゃないよね？　あたし全然関係ないよ？

鞄が落ちた。

百合子は震えながら、手を高くして包丁を握る。ぶるぶると動く包丁が、珊瑚に向けて振りかざされる。

珊瑚があたしの陰に隠れた。え、ずるい。

あたしは珊瑚の腕を振りほどき損ね、珊瑚を引っぱったまま、刃を右によけた。百合子の横に回り込むような形になる。珊瑚がぎゃあぎゃあ騒ぎながらついてきて、あたしを前に押し出す。あたしは自由になっているほうの手で、クッションを摑んだ。百合子がもう一度突こうとしてきたので、クッションではたく。

阿曽はソファのそばに置かれたサイドテーブルの向こうに逃げていた。あいつ、珊瑚以上にずるい。百合子は包丁を握りながらもへっぴり腰だし脇が開いているんだから、背後からなんとかしてくれればいいのに。

珊瑚はというと、あたしの真似をして別のクッションを左手で摑んでいた。だけど右手はあたしを離してくれない。強張ってでもいるのか、きつくきつく握ってくる。

百合子が突進してきて、あたしはまた壁を伝うように逃げた。助けるつもりはないけど、珊瑚を引っぱりながらだ。珊瑚は体勢を崩したままクッションを振り回す。百合子の首の横にヒットした。はずみで包丁が落ち、百合子もよろけた。珊瑚がやっとあたしの腕を離し、クッションでめちゃくちゃに百合子を殴る。あたしは包丁を拾おうとしたけれど、百合子のたたらを踏む足が邪魔で届かない。百合子は転びかけて膝をつき、そのタイミングで自ら落とした包丁を拾った。

百合子の奇声が上がる。

珊瑚も叫んでクッションをめちゃくちゃに振り回す。

と、百合子の足が、彼女自身のミュールを踏んだ。よろめいて、体が回転するように傾く。包丁を持った手もくるりと回る。切っ先が、珊瑚とあたしのほうから、阿曽のほうへと向く。うわあ、という野太い声がして、阿曽がサイドテーブルを持ち上げ、盾のようにした。

鈍い音がした。

それも、二度。

一度目は、サイドテーブルの天板の端が、百合子の喉に入った音だった。二度目は、背後へと倒れた百合子が珊瑚の振り回すクッションに殴られて向きを変え、ダイニングテーブルの角に頭をぶつけた音だった。

ずるりと崩れるように、百合子の身体が床に横たわる。

15

どうしよう、と思った。

どうすればいいんだろう、とも思った。

いったん目を逸らし、再び、向日葵に包まれた彼女を眺める。

もしかしたら動きだすんじゃないか。目の前から消えてなくなっているんじゃないか。そんなことを思って。

けれど当然、動いたりなんてしない。

「死んでるね」

翠がぽつりと言う。

イラっとした。言われなくたってわかる。首が妙な方向に折れ曲がっているんだから。生きているならありえない角度だ。

いや、ありえないのは翠だ。

翠はなにをしでかしたのだ。家に帰ってきたら阿曽課長はいるわ百合子はいるわ、わけがわからない。そのうえわたしを置いて逃げようとする。困惑している間に、この始末だ。

睨みつけると、翠は不愉快そうに睨みかえしてきた。

「やばすぎ。あんた、今度こそ殺しちゃったんだよ、珊瑚」

わたし？　わたしがなにをしたって言うの。

「なにを言うのよ。ゆ、百合子さんがペティナイフ持って襲いかかってきたんじゃない。わたしはなにもしてない」

「それペティナイフっていうんだ。短くて妙な包丁だと思った。詳しいね」

「名前なんてどうでもいい！　翠、あなた百合子さんたちとなにやってたのよ。なんで同じワンピース着てるの」

「だからこの人たちが勝手に入ってきたって言ったじゃん。服だって、わかんないよ。偶然？　示しあわせたわけじゃないし、あたしのせいじゃないもん。あの人、急に来て、あたしの服見て逆上して、そっからパニック。あたしだって超混乱。ってゆーかさー、悪いのって、おっさんじゃない？」

翠が、阿曽課長を顎で指すようにした。

阿曽課長は、魂が抜けたみたいにぼけっとした顔で床に座りこんでいる。

「……あ、いや私は……」

「だいたい、おっさんたち、なぜここに来たわけ？　服だって、あんたがプレゼントしてくれたってあの人言ってたよ」

翠が言う。百合子と同じ向日葵の模様を見せつけるように、スカートの裾を引っぱって。百合子が着ているのは、わたしが受け取らなかったワンピースだろう。阿曽課長はそのまま百合子に渡したのだ。なにも知らない百合子は、当然着用する。そしてここに来て、翠が自分と同じ服を着ていることを怪しむ。あげく、逆上。筋は通っている。だけどそれよりまず、なぜ百合子がここに来たのかがわからない。わたしは住所を教えた覚えはない。もちろん阿曽課長にも教えていない。阿曽課長なら、うちの会社の人に訊ねれば知ることができるけど。でも、阿曽課長から百合子に伝える、というのは不自然な気がする。

ということは。

「翠、百合子さんに会ったのね？　彼女になにを言ったの」

「え？　別になにも言ってないよ」

「つまり会ったことは認めると」

翠が、しまったという顔になる。やっぱりそうか。翠は阿曽課長に会い、百合子にも会ったのだ。

「ここを教えたの？　なんてことするの」

翠はわたしのことを探っていたのだ。

「教えてないよ。その女が自分で調べたんだろ」

「調べるに至るきっかけを、あなたが作ったんでしょう！」

翠は首を横に振った。だけど半笑いを浮かべる表情が、そうだと言っている。

突然、阿曽課長が立ち上がった。

「そうだ！　その子が悪い。その子があることないこと百合子に告げ口したんだ。そのせいで百合子に勘繰られて、喧嘩になってしまった。百合子は、八木くんに直接訊ねると言って家を飛び出した。私は先回りするつもりだったんだが、渋滞にはまってこの始末だ」

「なんであたしのせいなわけ？　なにがあることないこと？　あること、だろ。図々しい。だいたいこのワンピースが証拠じゃん！」

「そう、ワンピース！　阿曽課長、どうしてそれを渡したんですか。わたしにも百合子さんにも失礼です」

「珊瑚、あんたが言うかねえ」

翠が茶々を入れてくる。

「渡したくて渡したわけじゃない。私は買った店に返すつもりだったよ。だけど百合子に見つけられてしまった。それはなにって訊かれたら、百合子に買ってきたって言うしかないじゃないか。それより八木くん、君こそ、自分で買ったってなぜ言わなかったんだ」

「阿曽課長に言う必要なんてありません」

「いいや、言うべきだったよ。もし君が同じものを持っていると知っていれば、対処のしようだってあった！」

逆ギレ気味に、阿曽課長が叫ぶ。

「どっちにしても、間抜けすぎ」

「翠！　引っかき回さないで。あなたこそ、わたしの服を勝手に着て。だから不審がられてこんなことになってるんじゃない。あなたのせいよ」

「そのとおりだ。その子さえ百合子に近づかなかったら」

「なんだよ、ふたりして。どうしてそれがあたしのせいになるわけ。不倫してたのは珊瑚とおっさんだろ。逆上した妻がやってきて殺されそうになって、返り討ちにした。それ以外のなんだって言うの。ってゆーか、早く警察なり救急車なり呼んだほうがいいんじゃない？　今ならまだ生きかえるかもよ」

「生きかえるわけない！」

わたしが叫ぶと、ふたりとも黙ってしまった。

三人で、百合子の死体に目を落とす。次の言葉が出てこない。しばらくの沈黙を破ったのは翠だった。

「このままじゃラチあかないよね。生きかえらないにしても、警察呼ぼ。ずっと見てるのやだよ。いいね？」

うなずこうとすると、ふいに阿曽課長が声を上げた。

「待て！　ちょ、ちょっと待つんだ。整理しておきたい」

「なにを？」

不思議そうに翠が聞きかえす。

「どういうふうに百合子が死んだかをだ。き、きっと三人とも訊ねられる。そのときに食い違ってたら変だろう。百合子はそのダイニングテーブルで頭を打って死んだ。そうだよな？」

阿曽課長が指をさす。

「最後の最後にぶつかったのは、ね。珊瑚がクッションを振り回したら弾かれてそっちに行った形」

「翠？　なに言うの。わたしはクッションでナイフを防いでいただけで、なにもしてないよ」

「全部ヒットしてたじゃん。あれは防いでたっていうより殴ってた、だよ」

阿曽課長が、幾度もうなずく。

「……そう、そうだった。それで百合子は足元がふらついたんだ」

「違います！　よろけたのはミュールを踏んだからでしょ。ほら、そこの。それで姿勢が崩れたところを、阿曽課長がサイドテーブルで殴った。ダイニングテーブルよりそちらが先です」

テーブルの素材は大理石だ。硬いからじゅうぶん凶器になる。百合子の喉に見事に入っていた。

「殴った？　殴ってなどいない。失礼な。殴る、とは素手またはなにか摑めるものを持って、それを振り下ろしてぶつけることだ。サイドテーブルで殴っただって？　そんなものを振りかざせるわけがないだろう」

「殴ったという言い方がお気に召さないなら、突いた、ですよ。阿曽課長はサイドテーブルを持ち上げてました。わたし、ちゃんと見てましたから」

「それはあたしも見た」

「違うっ。持ち上げたつもりなどない。私はただ防ごうとしただけだ。百合子にナイフで刺されそうになったから」

「身体が阿曽課長のほうに傾いだだけで、刺そうとはしてないですよ。百合子さんはわたしを狙っていたし」

「あ、過剰防衛ってやつ？」

翠がしたり顔で言う。

「過剰？　なんてことを言うんだ。ふざけるな」

「だっておっさん、超逃げてたじゃん。あの人、おっさんのこと全然見てなかったのに、それでも視界に入らないようにしようって、サイドテーブルの向こう側にわざわざ隠れてさ。そーゆーの、過剰反応っつーんだよ」

「うるさいっ。私っ、私はっ、私はなにもしていない。百合子が私のほうに倒れ込んできた、それだけだ！」

「まあね、珊瑚がクッションで殴ってね。その後おっさんが殴った。で、再び珊瑚。すごいコンビネーションだね」

「わたしは殴ってないから。そこははっきりさせてもらう」

「殴ったが気にいらないなら、当てた、ならどう？　あ、これ、さっきの珊瑚の説明の真似ね。ともかく、クッションが当たって角度が変わったのはたしか。あたし見てたもん」

「おい、わかってるか？　私はなにもしていないんだぞ」

阿曽課長が苛立つが、それどころではない。わたしは無実だとはっきりさせなくては。

「当たったのは翠が引っぱったからでしょう。翠が引っぱんなきゃ、クッションは空を切ってた」

「引っぱった？　珊瑚が手を離さなかっただけでしょ。それに最後はあたしと珊瑚、離れてたよね。あたし、包丁拾おうとしてたし」

「拾えてないでしょ。翠が拾えてたら」

「ふたりとも聞きなさい。なあ八木くん、私はなにも――」

「おっさんは黙ってなよ。ちょっと珊瑚、あたしはこの件、まーったく関係ないんだけど。巻き込まないでくれる？」

　翠がふいに、足元のクッションを蹴った。クッションだけに留まらず、百合子の鞄や、ミュールまでも蹴飛ばす。

「ちょっと。動かしちゃダメ。どこになにがあったか、警察に説明しなきゃいけないんだから」

　わたしは翠に向き直り、両肩を持って止めた。翠ときたら、本当に考えなしだ。

「知らないよ。あんたたち説明すれば？　あたしまじ無関係なのに。ってゆーか、超お腹すいたし。やっぱ夕飯食べにいこっと。つきあってらんない」

「ふざけるのもいい加減にして。翠が百合子さんに会わなきゃこんなことになってないの！」

「元々はあんたたちの不倫が原因でしょ。なに話戻してるのさ。とにかく警察に――」

わたしを睨んでいた翠の目が大きくなり、ふっ、と視線が横に動いた。同時に、わたしの首元になにかが当てられる。

「聞けと言ってるだろう」

「阿曽課長？」

「警察は呼ぶな。落ち着いて善後策を話しあうんだ」

振り向こうとすると、背後からナイフを見せられた。百合子の持ってきたペティナイフだ。腕が摑まれる。

「お、おっさん。あんたが一番落ち着いてないって」

そう言う翠の声も震えていた。

「百合子はここに遊びに来たんだ。最初は仲良く、三人でなにか話をしていた。君たち三人、女同士の話だ。なにか、誰かが腹を立てるきっかけみたいなものがあった。言い争いになって、間違って百合子を突き飛ばした。そしたらそのダイニングテーブルに頭をぶつけて死んでしまった。それでどうだ」

阿曽課長が低い声で言う。

「どう、って……、なんですかそれは」

「百合子が死んだ原因だ。百合子がここに来た理由だ。そういうことにするんだ。それなら誰も傷つかない。そうだろう？　百合子はこのナイフを持ってきた。我々のやったことは正当防衛だが、百合子はどうなる。百合子が誰かを刺そうとしていたってことになるじゃないか。それでは困る。死者に鞭打たないでくれ。うちには中学生の子供がいるんだ」

「は？　勝手じゃない？　そう言いながらおっさん自身、ナイフで珊瑚を脅してるし」

「黙れっ。君たちがあまりにごちゃごちゃとうるさいから道筋をつけてやってるんじゃないか。そ、それに君たちだって困るはずだ。八木くん、君は結婚を控えているんだろう。百合子がやってきた本当の理由を、婚約者に知られては困るはずだ。そっちの、えっと、野瀬くん。君は寄生虫みたいに八木くんやお兄さんに取りついて生活してるんだろう？　君が百合子に入れ知恵して混乱させたんだぞ。八木くんとお兄さんが別れ、その原因が君にあったとわかったら、お兄さんは君の面倒なんて見てくれないんじゃないか？」

「原因、あたしなわけ？　ってゆーか、寄生虫ってなに？　すっげームカつくんだけど。やっぱ勝手すぎ」

まったくだ。翠の言い分を丸呑みはできないけど、あまりに勝手だ。

「阿曽課長、自分は関係ないと言い張るつもりですか？　阿曽課長こそ大変な目に遭いますよね。わたしとの関係が気づかれたら仕事にも影響するでしょう。ましてや百合子さんがわたしたちを殺そうとしたことがわかれば、世間がどう騒ぐことか」

「き、君もだぞ。君だって仕事を失う。ひとごとみたいに言うな！　とにかく言うことを聞け！」

ナイフが押し当てられた。首が冷たい。

阿曽課長の筋書きに乗ったら、どうなるだろう。

なんのきっかけで誰が腹を立てたとするつもりだろう。百合子を突き飛ばしたのは、翠とわたしのどっちなのだ。わたしは親会社の課長の妻を突き飛ばしはしない。翠にも百合子を突き飛ばす理由はないから、翠の行為とするには無理がある。それとも、この先一生の面倒を見てやるといった約束で納得させられるだろうか。いや翠のことだ。一度承知しても、すぐ覆すだろう。口を滑らせないとも限らない。かなりの確率で滑らせる。

「無理ですよ、阿曽課長。百合子さんがどこをどうぶつけたか、警察が見ればすぐわかるはずです。阿曽課長に喉を突かれたところと、ダイニングテーブルにぶつけたところと、二ヶ所、痕があるんです。そのふたつに百合子さんが次々とぶつかっていくなんて、角度的に不自然ですよ」

「そ、それならふたりが、百合子を一回ずつ突き飛ばしたってことにすればいいじゃないか」

「おっさん、バカすぎ。それむちゃくちゃ」

翠が鼻で笑う。挑発しないでよ。こっちは首元にナイフを当てられているんだから。

「変に話を作ると、余計に怪しまれるんじゃないでしょうか」

わたしは努めて冷静に言った。

「覚悟決めなよね、おっさん。しょうがないじゃん、自業自得なんだから」

背後にいる阿曽課長とわたしの両方に、翠が視線を向けてきた。哀れむような視線を。そして続ける。

「珊瑚もだよ」

「わたし？　わたしはなにも」

百合子をどうこうしたいなんて、まったく思わなかった。でも警察は信じてくれるだろうか。わたしと阿曽課長には、関係があった。

背後から唸り声が聞こえた。

「じ、自業自得だと？　お、おまえが百合子をそそのかさなければ気づかれなかった。死ななかった。こんなはずじゃなかった」

「まだ言ってるよ。んなこと言ったって、結果は結果。諦めたら？」

「諦めきれるかっ！　そんなに簡単に、残りの人生を、生活を捨てられるわけがない。まだ私は、まだまだこれから……。お、おまえっ！　失うものがないからって好き勝手を言うなっ」

阿曽課長が震えながら叫んだ。

そう、翠には失うものがない。だから強気でいられる。嗤われようが罵倒されようが、元々持っていないからへらへらしていられる。もしも征市が翠を見限っても、翠はご自慢のルックスを駆使して、適当な寄生先を見つけるだろう。一方わたしはどうだろう。征市とのことはこの際、どちらでもいい。結婚していいかどうか、ためらっていたくらいだ。だけど仕事は？　生活は？　周囲からの信頼は？

わたしは残りの人生を諦められるだろうか。……いや、無理だ。

はー、と翠が息を吐いた。

「なんかもう疲れた。じゃあそういうわけで、警察に電話かけるよ。いいね？」

「ダメだ！　ダメだ、絶対にダメだ。そんなことはさせない」

阿曽課長が耳の後ろで怒鳴る。

「おっさん、あんたの変な計画じゃ無理だってば」

「百合子を隠す！」

「隠す？　バカじゃないの？」

「バカバカ言うんじゃない。口の利き方に気をつけたまえ。隠すといったら隠すんだ。君たちも手伝うんだ」

「そんなことできません。無理ですよ、阿曽課長」

わたしも疲れていた。頭がくらくらする。首元には相変わらずナイフが当たっていて動けないのに、足がふらついてくる。気が遠くなりそうだ。

「手伝うんだ。さもないと、警察に十七年前の話もするぞ。警察からの印象が変わるはずだ」

そのひとことが、倒れそうになった身体を支えた。

「……十七年前？」

「とぼけても無駄だ。私はそっちの彼女から聞いたんだ。君たちが、修学旅行先でなにをしたのか」

わたしは翠を睨んだ。

「い、いやちょっとした武勇伝じゃん」

「武勇伝？　なに言ってるの？　あんた頭おかしいんじゃない？」

「まったくだね。いくら子供とはいえ、救急車を呼ぶべきところだ。君たちは人ひとりを見捨てて逃げたんだ」

「けどおっさん、それは――」

翠が唇を尖（とが）らせる。喋った？　いったいなにを考えているのだ。

　ふたりの声が遠くなった。吐き気がしそうだ。なんだか嫌な臭いもする。そんなに早く腐るわけはないのに。……いやこれは、百合子の香水だ。甘ったるい香り。だけど、これをつけているのは死体なわけで。甘い香りはやがて澱んだ臭いに変わるわけで。そうなったらもう、逃れられなくて。

　ああ、なにを考えているんだろう。自分でもわからない。

「翠。わたしたち、もうダメだ。逆らえない」

　不思議なくらいに低い声が出てしまって、わたしは驚いた。

「なにがよ、珊瑚。逆らえないならどうしようっての」

「臭わないようにする。死体を隠そう」

「正気？　そんなに簡単に死体が隠せるわけないじゃん」

「それでもやるの！」

「だけど珊瑚――」

「だけどじゃない！　脅されてるのよ。だいたいあんたのせいじゃない。あんたが巻き込んだから」

　あのときだって、翠のせいだった。あの男が階段から落ちたのだって、わたしじゃなくて、翠の！

「なにそれぇ。超勝手な論理」

「あんただって運命共同体。賭けるしかない」

翠が不満げに鼻を鳴らす。

最悪だ。それでもどうにかするしかない。人生を諦めない。この状態から抜け出す。わたしには貯金がある。善いことを積み重ねてきた貯金が。今までのわたしの行動を考えれば、神様から見放されることはないはず。絶対になんとかなる。

絶対に。

そしてなんとかなったら今度こそ。翠、あんたを許さない。

16

百合子は心を病んだことがあって、気持ちを安定させる薬を飲んでいたこともあるらしい。その話は珊瑚も初めて聞くらしく、驚いていた。

あたしだってビックリだ。でも言われてみれば納得しなくもないね。ショールームで見かけたときはただのお金持ちのオクサマだったけど、この間や今日のようすを見てるとなるほどだ。包丁持って電車に乗るなんて、ぶっ飛んでなきゃやんないでしょ。あ、包丁じゃなくてペティナイフか。

そういうわけで、百合子が突然自殺を図ったり、行方をくらましたりといった可能性はゼロではないらしい。おっさん、いや阿曽の話によると、だけど。

自殺と見せかけるには難しいと、珊瑚と阿曽が話していた。首を吊るにせよ、手首を切るにせよ、死んだときについた痕はごまかせないという。

あたしはほっとした。もしこのマンションで自殺したことにしようなんて言われたら、さすがに気味が悪い。せっかく転がり込んだ部屋なのにのんびりできなくなる。

で、失踪という結論だそうだ。百合子は家を出て、そのまま行方不明。

珊瑚は、百合子がどうやってここにきたかを気にして、何度も阿曽に訊ねていた。

「タクシーには乗っていない。百合子は酔いやすいから、私の運転する車にしか乗らない。徒歩で駅まで行き、そこから電車だ。ここへも徒歩で来たはずだ」

誰にも目撃されずに来るのは無理にしても、あたしたちと結びつける人はいないはずだ。よっぽど目立つことをしてなきゃ、通行人を覚えている人はいないだろう。マンションのエントランスはオートロックじゃないし、そのまま六階へと来たんだろう。

「阿曽課長はどうやってここにいらしたんですか」

珊瑚が問う。って、敬語なんてもうやめたら。

「車だ。すぐに追いかけて止めたかったんだが、ヒステリーを起こした百合子が鍵を花壇に投げ入れたんだ。花が育っていてなかなか見当たらなくて、スペアキーを探す羽目になった。そちらも百合子が管理してたから見つけるのに時間がかかってしまった。そうこうしてるうちに、電車に乗られてしまって」

「駅で百合子さんの名前を大声で呼ぶなど、人目を引くことをしてますか？」

「やっていない。駅に着く寸前で、電車が行くのが見えた」

「阿曽課長のお宅はけっこう大きいし、防音窓ですよね？　家の中での喧嘩は、外に聞こえないと思っていいですか？」

「ああ。私の帰宅に気づいた人間もいなかったはずだ。誰ともすれ違っていない。私が家に帰ってきたときにはもう百合子はいなかったと、そういうことでなんとかなる」

阿曽は、車を近くのコインパーキングに置いてきているそうだ。そこまで百合子の死体を運ぼうと提案してくる。

「体調の悪い人を運ぶように、ふたりで両脇を支えればだいじょうぶだ。私がその間に、車を近くまで持ってくる」

「げ、死体運ぶってこと？　やだよ、あたし」

「車だからって、わたしたちに百合子さんを押しつけて逃げたりしないでくださいね。そんなことをしたら全部、警察に話しますよ」

　珊瑚が阿曽に厳しい目を向ける。黙って従っているわけじゃないようだ。

「君たちだってな。放り出して逃げるなよ」

　阿曽もまた、あたしたちのことを怖い顔で見てきた。特にあたしのほうを強く睨んでいる。だからあたしのせいじゃないってば。

　ソファを端に押しやった。ダイニングテーブルも脇に寄せてスペースを作り、珊瑚とふたり、ためしに百合子を両側から支えて歩かせてみた。

　無理だ。重すぎる。本人が歩いているようになど、絶対に見えない。荷物のように引きずっていくぐらいならできそうだけど、生きているように見せかけるなら、それは変だ。

　結局、阿曽とあたしが百合子を運び、珊瑚が車を取ってくることになった。あたしは運転免許を持っていない。珊瑚も、ペーパードライバーだそうだけど。

「免許証、持ってくる。お金も要るだろうし」

　珊瑚が寝室に消えた。しばらくののち、阿曽の苛立つ声に催促されて現われた珊瑚は、ジーンズにTシャツを着ていた。

「着替えたの？」

「スカートじゃダメでしょ。動きづらい。翠も着替えて。同じ服を着たふたりが一緒じゃ目立つ」

それはそうだ。

「了解。なに着ればいい？」

「なんでもいいだろ。とにかく早くしろ。上からなにか適当なものを羽織ればいい」

阿曽がキレている。

「無理。この暑いのに上から着るなんて」

「いいかげんにしろ！」

阿曽の舌打ちを、珊瑚が無視して答える。

「そのワンピースは持っていって。どこかで百合子さんのふりをしてもらうかもしれないし」

「ふりってなに？」

「生きてるふり。生きてたって誰かに目撃させておくの。山に入るとか海に入るとかの前に」

「そんなことまでするの？　まじ？」

「状況次第。でもなにごとも用意はしておいたほうがいい」

珊瑚の目がぎらつく。ちょっと怖くなってきた。珊瑚は開き直ったのか、テンションが上がっている。

あたしは部屋に戻って着替えた。珊瑚と同じようにジーンズにTシャツ。いつも持っている鞄にワンピースをつっこんだ。あとはなにを持っていけばいいんだろう。たいていのものは鞄に入れっぱなしにしてるけど。

外に出ると、百合子をおぶった阿曽と珊瑚が待っていた。珊瑚は百合子の鞄とミュールを持っている。気分の悪くなった女性をおぶっている男と気遣っている女、そう見えなくもない。


マンションのエレベータで誰かと出くわしてビックリ、なんてこともなく、無事に車に乗り込めた。ほっと一息だ。

でもこの先こそが本番じゃん。どうすれば消えてなくなるわけ？　この死体。

あたしは後部座席に百合子と並んで座った。気味が悪い。席を替わってほしい。でも珊瑚はハンドルを握り、阿曽はどこかに電話をかけている。

「なんて言い訳したんですか。真哉くんに」

珊瑚が、電話を終えた阿曽に話しかける。

「急な出張が入ったと。明日には帰ると伝えた」

「百合子さんがいないことについては？」

「なにも言ってない。真哉から訊ねられたが、買い物じゃないかと答えた。真哉も帰ってきて間もないようだったしね。今日は塾だったたんだ」

「家庭教師だけじゃなく塾にも行ってるんですか？　すごいスケジュール。疲れるでしょうね」

「疲れて寝てしまうことを祈るよ。朝まで騒がれないほうがいい。そっちの家族はどうなっているんだ」

「うちも出張です」

珊瑚が硬い表情で答えているのが、バックミラー越しに見えた。

あたしは後部座席から身を乗り出した。

「出張って言葉、便利ー。いーね、会社員って。その言葉でなんでもごまかしてるんだね」

「なにが言いたいの？」

鏡の中の珊瑚に睨まれた。前見て運転してよね。

「不倫も浮気も、出張ってことにすれば疑われないっていう嫌みだよ。ふたりともわかってる？　あんたらが引き起こしたんだからね、この事態」

「始末はちゃんとつける。だけど元はといえば翠が――」

「喋ったから？　そぉね、あたしってば、口軽いから。でも喋られちゃ困ることをやってたのが悪いんじゃない？」

「いい加減にしろ。これ以上その話をするな。誰が悪いなんて言いだしたら、話が止まるだろう。これからどうするかのほうが大事だ」

阿曽が言う。まじ、ずるいヤツ。

これ以上その話をするなって言うのは、一番追及されたくない人間だよ。たいていは。

「あっそ。で、どうするの？　ってゆーかその前に、電話が終わったなら運転代わってくれない？　珊瑚のおっかなびっくり運転、まじ怖いんだけど。事故ったらアウトでしょ」

それには珊瑚もうなずいた。

「わかった。その先のホームセンターに入ってくれ。買い物をしたあと運転を代わろう」

阿曽が道の先の看板を指さす。

目立たないようにという阿曽の指示で、ひとりずつ順番に、そしてバラバラに買い物をした。あたしは軍手と懐中電灯、珊瑚は青いビニールシート、そして阿曽はダンベルなどの錘（おもり）だ。

「昔、友人に夜釣りに連れていってもらった埠頭がある。もともとは漁港で、寂（さび）れて使われなくなった埠頭の一番端だ。そこに沈めようと思う」

　車を運転しながら、阿曽が言った。道も覚えているという。

「釣りの穴場ってことですか？　そういう場所って、釣り人仲間には有名ですよね。人が来てるんじゃ」

　珊瑚が訊ねる。

「元、穴場だ。近くの工場から廃液が出てね、水質汚染で魚が大量に死んだんだ。それ以来、そこで釣りをする人はいない。民家も遠い。港に近い古くからの家は廃屋が多いし、新しい家は海から離されて建っている。塩害で錆（さ）びるからね」

　カーブを曲がるタイミングで車が揺れた。隣の席の百合子があたしのほうに倒れかかってくる。

「やだ、超気持ち悪い。後ろのトランクに入れようよ」

「人間をトランクに入れてるところなんて、誰かに見られたらどうするの」

　珊瑚が冷たい目で見てくる。だったら席を替わってくれればいいのに。もう運転していないんだから、前の席にいる必要はないじゃん。

　だいたいその命令口調はなに。強気に出てんじゃないよ。

「シートベルトをさせればいい。そうすれば動かない」

阿曽が言う。死体にシートベルトだなんて、笑えない冗談だ。

それでもほかに方法がないので、なんとかシートベルトを巻きつける。どうせならビニールシートも被せてしまいたい。

「そういや、ビニールシートってなにに使うわけ？」

あたしは珊瑚に訊ねた。

「シートで巻いて沈める」

「それ、簀巻きにして東京湾に沈めるぞ、ってやつ？　ビニールで巻いたら腐るのが遅くなるんじゃないの？　腐らせるか魚に食べられるかさせて、早く消しちゃいたいんだけど」

「密封するわけじゃないから、腐ることは腐るんじゃない？　それに、そのまま沈めるなんて気が引けるじゃない」

「ふうん。イメージの問題なんだ。ダンベルも？」

珊瑚が首を振る。

「ダンベルは絶対必要。体内が腐敗するとガスが発生して浮いてくるらしい。だからちゃんとくくりつけておかないといけない」

そんなものかね。このふたり、詳しいんだか見よう見まねなんだかよくわからない。あたしもよくわかんないけど。

「じゃあ、そのくくりつけるものっていうのはどこにあるわけ？」

「ダンベルならさっき買ってきてトランクに」

「違う。紐っていうか、なんだろ。ロープ？　買ってないじゃん」

あ、と阿曽が叫んでブレーキを踏んだ。危ない、と珊瑚が金切り声を上げる。百合子が揺れる。

「さっきの店に戻る」

阿曽がハンドルを切る。

「ったく、なにやってんだよ。ちゃんと計画しなよ」

「途中にもホームセンターがあるんじゃないですか？　同じところに行くと目立ちますよ」

「絶対にあるとはいえない。確実なほうがいい。目立たないように分かれて買ってきたんだから一度くらい平気だ」

「この車、ナビがついてますよね。お店の検索をすればわかるんじゃないですか？」

運転席と助手席で相談がはじまった。あたしは寄りかかってくる百合子を押しやる。やっぱりこの席は嫌だ。暑いせいか、百合子は少しずつ腐ってきているような気がする。

結局元の店に戻った。あたしは志願して買い物に出かけた。新鮮な空気を吸いたい。後部の扉を開けてまろぶように外に出る。気が焦る。

外の空気も、ねっとりとして肌にまとわりつくようだった。それでも車の中よりマシだ。深呼吸をしながら駐車場を抜け、店に入る。あー、冷房が心地いい。いっそこのまま逃げちゃおうか。でもそんなことしたら、全部あたしのせいにされそう。

資材コーナーでロープを探す。素材も色も太さも種類が多すぎて、どれがいいのかわからない。籠にいくつか入れてみて、どうしよう、と悩む。あたしはスマホを取り出した。珊瑚たちに聞いたほうが早そう。

「お姉ちゃん、なにが欲しいの？」

ふいに後ろから声をかけられた。二十代中盤くらいの二人組だ。タオルを首に巻いたのと頭に巻いたの、どちらもガタイがいい。

「そんなにたくさん買ってどうするの？　なにプレイ？」

頭タオルがいやらしく言うと、首タオルが歯を見せて笑った。融けたような歯が、ガラの悪さを物語っていた。

トラブルは起こさないほうがいいと無視してレジに向かう。足りないより多いほうがマシ、全部買っていこう。

会計を済ませて店の外に出ると、タオルの男たちがついてきた。背後から声をかけてくる。

「ねー、お姉ちゃん、これからどこ行くの？」

「暇ならオレらとドライブ行かない？」

早足になると、いっそうの笑い声が追ってきた。あたしは駐車場で待っている車に向けて手を振った。

運転席に阿曽の姿が確認できた。なんだ男連れかという声を後ろに、あたしは駆けだした。

「なにやってるのよ、翠。目立つなってあれだけ言ったのに」

後部座席に乗り込むや否や、珊瑚の叱責が飛んだ。

「あたしが美人なのはあたしのせいじゃない！　向こうが勝手に声かけてきたの」

「なによ、その変な開き直り」

「とにかく行くぞ」

阿曽が言う。

「こんなにたくさん買って！　怪しまれたよ。絶対、怪しまれたっ」

珊瑚がヒステリーを起こしている。だったら自分で買ってこいよ。

17

埠頭に着いたときには夜の十二時を回っていた。時間のおかげか、阿曽課長が言ったように民家から遠いおかげか、人影はない。街中と違って、月の明るさが感じられる。月だけでは心許ないので、車のヘッドライトと懐中電灯を駆使して作業をする。

作業。そう言ってしまわないと頭がおかしくなりそうだった。真夜中だというのに気温は下がらず、潮気のある空気が肌に絡んでくる。汗だかなんだかわからないものでべたべたして、息も苦しい。

気を失ってしまえれば楽なのに。いや、ダメだ。諦めちゃいけない。

まず百合子の腰にロープを巻き、五キロのダンベルを数個くくりつける。胸を手で抱きかかえさせ、そこにもダンベル。足の間にもダンベルを挟み、ロープで結ぶ。身体全体をビニールシートで覆って、上から数ヶ所、ロープで縛った。これならダンベルが海中で外れて死体が浮かぶ、なんて失態もないはずだ。翠はビニールシートなんてイメージの問題だなんて呆れてたけど、わたしはちゃんと考えているのだ。

「錘、まだ残ってるじゃん」

翠が言った。そんなことわかってる。ビニールシートを縛ったロープにも残りのダンベルを結びつけるつもりだ。

翠がしきりと、軍手の手首の部分を掻いていた。注意する。

「外しちゃダメだよ。指紋がつくといけないから」

「わかってる。でもゴムのところが痒いんだって。ったく、これ粗悪品じゃないの？」

「翠、あんたが買ってきたんでしょう」

「まーたそうやって、あたしのせいにする」

「痒いのはたしかだな」

阿曽課長も何度か手を擦りあわせている。わたしだって、痒いといえば痒い。だけど我慢している。我慢すべきところは我慢しなきゃいけないのだ。

いろんなものをくくりつけて倍ほどの重さになった百合子を、三人で埠頭の端まで持っていった。

端、と思っていたが、コンクリートの壁の向こうには続きがあった。壁を越えた先にテトラポッドが続いている。

「ってことは、これを更にテトラポッドの向こうまで持ってかなきゃいけないってこと？まじ？もうちょっと楽なとこないわけ？」

翠がため息をつく。

「外海に面しているんだから、波除けがあるのはあたりまえだ」

阿曽課長がバカにしたように言う。

「それって逆に考えれば、潮に乗れば太平洋の彼方に行っちゃうわけですね」

「運がよければ持っていってくれるだろう。それが無理にしても、深いからビニールシートが見えることはないと思う」

「あのさー、靴はどうする？　まだ車にあると思うんだけど」

突然、翠が言った。

え、と阿曽課長とふたり、顔を見あわせる。

「履かせるべきだったか？　けれどもう、ビニールで包んでしまった」

「ま、ミュールだし、脱げちゃったってことで、海に投げちゃえばいいんじゃね？」

「そうもいかないでしょう。どこか別の場所に棄てましょう」

「いや待て。靴を履いていないと、百合子が自分でここに来たということにならない。どこかから運んできたとわかるじゃないか」

「おっさん、冷静になんなよ。その状態を見たら、誰かが死体を捨てたんだってすぐわかるじゃん」

翠がビニールシートを指さす。そのとおりだ。いっそ、百合子には錘もなにもつけずに海に投げたほうがいいだろうか。……いや、首が折れているから、やっぱり誰かの手が入っているとわかるだろう。

「今さら最初からやり直すのは無理ですよ。ミュールは途中でどこかに棄てましょう」

「そうだな……、いややっぱりダメだ。拾われて持ち主でも捜されたら大変だ。その辺で大量に売っている靴ならともかく」

百合子の靴は、ヴィトンのミュールだった。正規店で買ったならすぐにわかるだろう。

結局、ビニールシートに押し込んで捨てようということになった。鞄も一緒にだ。鞄もヴィトンだった。たしか新作モデルだっけと思いだしていると、案の定、翠が食いつく。

「えー。もったいない。ネットオークションに出したら高く売れるよ」

「バカ言わないでよ、翠。早く取ってきて」

「あっ。そうだ、カードケースが」

「なんですか？　阿曽課長」

「百合子はカードケースの中にキャッシュカードやクレジットカード、免許証などを入れている。身元がわかるものだから、それは別に始末しないと」

「はいはい、持ってきますよ」

と言いながら、翠が車に走っていった。なかなか戻ってこない。

「何やってたの。時間がないって言ってるのに」

「ミュールが前の座席の下に入り込んでたんだよ。ごめんねー。はいこれ、カードケース。ついでにスマホも。忘れてたでしょ」

翠がカードケースとスマホを阿曽課長に渡す。続いてビニールシートを縛るロープをひとつ解き、ミュールと鞄をぐいぐいと押し込んでいた。

「はいできた。これでOK、だよね」

翠の言葉に、三人でうなずきあう。

そこからがまた大変だった。阿曽課長がコンクリートの壁の向こうに降り、わたしと翠がビニールシートの包みを押し、受け取ってもらう。次にわたしたちも壁の向こうに行き、包みにテトラポッドの山をひとつずつ越えさせる。終日波に洗われているテトラポッドだが、ぬるぬるして足元が危うく安定しない。力仕事で汗が滴り、潮の臭いで息が詰まりそうになる。それでもなんとか、水ぎわまでやってきた。

ビニールシートの頭の部分を阿曽課長が持ち、足の部分をわたしが持った。翠は真ん中あたりについているロープを持つ。ブランコの要領で何度か揺らし、最後は思いきり海へ押し出す。そうすれば遠くに投げられるはずと阿曽課長は説明した。

「せーの、で投げるからな」

数回揺らし、一、二、という合図とともに海に押し出した。手を離した瞬間、バランスを崩した。コンクリートの突起に抱きつく。もう少しで海に落ちるところだった。危ない。

着水した瞬間を見ていないが、音は聞こえた。百合子を包んだシートは海に消えたのだ。

「……あ」

阿曽課長の放心したような声がした。

「後悔してんの？　おっさん。もう遅いよ」

翠が鼻で笑いながら言う。

「違う。軍手を片方、持っていかれた。ロープに絡んでしまったんだ」

驚いて海を凝視した。暗いせいか、澱んだ海面は水よりも粘度が高そうだった。数十センチ先までしか見えず、あとは闇ばかり。もちろん底などまったく見えない。

「一緒に沈んでもだいじょうぶですよ。そのうち波でどこかにいっちゃいますよ」

「そうそう。もう要らないよね、あたしも投げちゃおうかな」

翠がふざける。それは止めた。本来、軍手は別のところに棄てるべきだ。

息を吐き、ゆっくりと立ち上がる。海からの風を感じた。風など今まで吹いていただろうか。それとも解放感から、やっと感じるようになったのだろうか。

わたしは海に向かって黙禱（もくとう）した。ごめんなさい、と小さくつぶやく。

やりたくてやったんじゃない。強要したのは阿曽課長。だからわたしが悪いわけじゃない。恨まないで。

三人、しばらくの間、黙っていた。でもここにいても仕方がない。誰からともなく声をかけ、車に戻った。

「忘れ物はないよな」

疲れた声で阿曽課長が言った。わたしは助手席とドアの間に挟んだ自分の鞄を確認する。翠も後部座席でうなずいていた。車が発進する。

しばらく走ると民家が見えてきた。ほとんどの家は暗いが、たまに灯りの点った家もあった。夜通し起きているのか、早くも活動をはじめているのか。

「近道をしようと思ったが目撃されちゃ困る。河のほうに抜けるぞ」

阿曽課長が言う。すぐに河川に沿う堤防道路が見えてきた。幅はそう広くないが、対向車もなく走りやすそうな道だ。

と、突然、ブレーキがかかった。舌を噛みそうになる。

「な、なにやってるんです。危ないじゃないですか」

「……指輪がない」

わたしの抗議に、阿曽課長がハンドルを握ったまま、茫然として言う。

「指輪って、結婚指輪のこと？　いつからですか」

「……あれだ。軍手。ロープと一緒に持っていかれた軍手の中に残ったんだ。緩かったから」

そういえば阿曽課長は、軍手の上から手を掻いたり擦りあわせたりしていた。指輪も、以前、指が痩せて緩くなっていると言っていた。まさか、それで。

車が後進しはじめた。阿曽課長がギアをバックに入れたのだ。

「ちょっ、怖いってーの。むちゃだよ」

後部座席の翠が、慌ててシートベルトを締めている。

「待ってください、阿曽課長。落ち着いて。本当にそのときなくしたのかわかりませんよ」

「ほかに考えられない。あの軍手の中にあるはずだ。早くしなきゃ」

「止まってください。ずっとバックで進むなんて無理です。事故ります。とにかく止まって」

路肩に寄るように頼んだ。車が止まる。阿曽課長の身体が震えている。

「どうしよう。あれが見つかったら終わりだ。指輪にはイニシャルと結婚記念日が彫ってある」

「落ち着いてください。イニシャルってことは名前じゃないでしょ。誰のものかなんてわかりませんよ」

仄(ほの)かなパネルライトの中、阿曽課長が救われたような顔をしてこちらを見た。

「あれえ？　あの女のほうはどうなの。百合子の指から結婚指輪外した？」

翠が思いだしたように言った。

わたしだって気になっていた。だけど阿曽課長の興奮が収まるまで訊ねないようにしていたのだ。それを翠ときたら。

案の定、阿曽課長の息が激しくなる。

「はず、はず、外してない。……ああ、あれが見つかったら、見つかったら」

「阿曽課長！　だいじょうぶです。海の中ですよっ！　指輪も軍手も、四散してしまう可能性のほうがずっと高い。だいじょうぶ」

「だけど」

「じゃあどうします？　ダイビングでもして探しますか？　そっちのほうが目立ちます。死体は上がらない、そう信じるしかないですよ」

上がらない。あれだけがんばったんだ。努力は報われる。絶対に見つかるわけがない。

「そう、だな。見つけられない、よな」

「そうです。だいじょうぶです」

阿曽課長が、やっと普通に話せるようになった。深呼吸してアクセルを踏み込んでいる。

車が発進した。

「……申し訳ない。パニックを起こしてしまった」

いいえと答えるわたしの後ろから、翠が答えた。

「パニクるのがフツーだよねー。あたしたちも昔、絡んできた男が階段から落ちたときは、死にそうなほど悩んだもん。食欲も失くして体重も減ったし」

「翠！　その話はやめてよ！」

つくづく神経を疑う。蒸しかえさないでほしい。

「いいじゃん、珊瑚。青春の思い出なんだから」

「せ、青春の思い出？　なにを言い出すの。信じられない」

「そぉお？　あ、そっか。まだあたし、青春真っ只中だ。撤回撤回。思い出にするほど歳取っちゃいないや」

翠が豪快に笑う。

「笑いごとじゃないだろう。無責任極まりない」

阿曽課長が吐き捨てるように言った。そして続ける。

「まったくもって考えなしだよ。君たちはそのときに連絡をすべきだった。君たちのあとで被害に遭った女の子もいただろうに」

「そこまで責任持てないっつーの。中学生だよ、あたしたち」

「いや。階段から落ちたその男を見捨てず、ちゃんと救急車を呼んでいれば、その男がやっていたことがバレたはずだ。警察だって動いただろう。次の被害は防げたんだ」

男のやっていたことがバレたって、……どういうこと？

しかも、警察？　次の被害？　わたしたちのあとから被害に遭った女の子って？

「ちょっと待ってください。阿曽課長、翠。話が見えないんだけど、なんのこと？」

わたしは話に割り込んだ。

「なんのって？」

「だからその……、中学の、……男の、あの修学旅行の、話……。わたしたちがあの夜、新宿で迷った話だよね？」

「そうだよ。あの地図ひどかったよねー。迷ったの絶対、あたしたちのせいじゃないよね」

「地図の話は置いといて！　被害に遭った女の子ってなに？　男のやっていたことって？　わたしたちを追いかけて……雑居ビルの階段から落ちた男の話だよね。あれ、新聞には事故死って載ったけど、でもわたしたちが……。だから修学旅行の最終日の中華料理、わたしたちふたりとも、ニュースを見てなにも食べられなくなったんじゃない」

わたしが振り払った手を男がよけようとしたのか、男の背後にいた翠が押したのか。本当のことはわからない。どちらかが階段から突き落とした形になった。事故で終わったとはいえ、ただの事故じゃない。

だからずっと悩んできた。そうだよね？

しかし翠は、呆れたような声を返した。

「えー？　事故で死んだってニュースも新聞に載ったのも、別の誰かだよ。あたしたちが階段から落とした男じゃないって」

「別の誰か？」

「新聞、見せたじゃん。コピー渡さなかったっけ。ってか、あんまり昔すぎて忘れちゃったよ」

「新聞は、……受け取ってない」

怖くて、持っていたら祟られそうに思った。紙を持った指先から毒が回りそうに思った。だから「事故として」という言葉をたしかめただけで、翠に返した。

「そうだったっけ」

「受け取ってないってば！　だけど翠、言ったじゃない。あのニュースのことだけどまったくの事故なんだ、って。ファンクラブの人に確認してもらったって」

「そんなふうに説明したっけ？　まあどっちにしても、ファンクラブの人にニュースを調べてもらってわかったのはたしか。あたしたちが突き落としたかもねな男と、中華街のお店で見たニュースの転落死した男は、別人だよ。んで、その転落死の男は、事故だったわけ。万事決着済み」

「別人って……。ど、どうしてそのとき、もっと詳しく説明してくれなかったの？」

「詳しくもなにも、新聞、見たらわかるじゃん。顔写真、載ってたし。別人じゃん。見せたよね？」

顔などわかるものか。わたしはあのとき、男と目を合わさないよう顔を伏せていたのだ。

「別人だったって、違う事件だったんだって、そこまでちゃんと言いなさいよ！　それにわたしたちと関係ない男なら、他殺だろうが事故死だろうがどうでもいいことじゃない」

「そんなことないって。他殺だったら警察があの辺に聴き込みするでしょ。そしたら別のビルであたしたちが男を突き落としちゃったこと、バレちゃうじゃん。目撃者だって出るかもよ。あたしたち、すんごく騒ぎながら走って逃げてた覚えがあるよ」

「じゃあ、わたしたちが絡まれた男は、階段から落としたかもしれないあの男は……どうなったの？」

「怪我（けが）くらいはしたかもね。動かなかったし。でも警察に訴えなかったんじゃない？　っつーか、できないって。あいつ、とんでもない男だったんだよ。だからそれが、あとで被害に遭った女の子がいただろって話だよ。あの男、本当にあのロックバンドのメンバーと知りあいだったんだから。それを餌にして女の子騙して何人も喰っちゃっててさ。それがバレたのをきっかけに、バンドのスキャンダルが噴出したわけ。だから実はあんときのあたしたち、まじやばかったんだよ」

「その話も……聞いてないよ」

けれど、バンドが解散になった経緯は覚えている。プロモーションに関わっていた人間がヤクザ絡みだったとか、メンバーに会わせると騙してわいせつ行為に及ぶ人間がいたとか。それがあの男？　わたしたちが階段から落とした、いや、落ちた男？

「つーか、珊瑚ってば知らなかったの？　ファンならニュースチェックぐらいするでしょ。常識じゃん」

「解散のことはチェックしてたけど、原因があの男だったなんて、……翠、教えてくれても」

「バンドが解散になったの、高校受験のころだよね。どっちにせよ事故ってことで終わった話じゃん。珊瑚は勉強で忙しそうで、あたしのこと相手にしてなかったしね。あえて話をするほどのこと？」

勉強で忙しい、そればかりでもない。翠は派手に規則違反をするようになっていた。髪を染めたり化粧をしたり。だからわたしは、翠と距離を取るようになった。

翠に引きずられてなるものかと思って。善いことを積み重ねていたおかげで救われたわたしの運命を、悪いほうに向かわせちゃいけないと思って。

「翠。だったら、征市にばらしてやるとばかりに脅してきたのはどういうこと？」

「脅してないよー。人聞き悪いなあ。当時のことを覚えてるかって、そう言っただけじゃん。珊瑚だって昔はやんちゃしてたよねって、あたしと変わらなかったじゃんって、そういう意味」

「翠と変わらなかった？　まったく違うでしょ！」

「そうかなあ。修学旅行のホテルから脱走って、まあまあのやんちゃじゃない？　だけど青春の思い出のひとつだよ。武勇伝だって」

「武勇伝……？　武勇伝って阿曽課長に言ったのも、まさか」

「あたしたちが男を階段から落としたから死んだだなんて、まったく言ってないよ。っていうかあたし、殺したなんてみじんも思ってないもん」

　頭の中がごんごんと鳴っていた。わたしはそう思って、思わされて、だから阿曽課長の言いなりになって。

「……阿曽課長、じゃあどういうつもりで、警察に言ってやるだなんて。警察からの印象が変わるだなんて」

　阿曽課長が、軽蔑するような目でこちらを見た。

「そっちの子から、ロックバンドに会いたくてホテルを抜けだしたことや、わいせつ行為で警察に逮捕された男に声をかけられたことを聞いた。男が階段から落ちたのを幸いに逃げたってこともな。そのバンドが、大麻を吸ってファンと乱交パーティをしていた噂は知っている。当時、相当のゴシップになったからな。君らだって、怖い目に遭わなければそうするつもりだったんだろう？　そっちの子を見てればわかる」

「はああ、あたし？　見かけで判断しないでよ！　それに大麻だの乱交パーティだのなんて話、ひとことも言ってないじゃん！」

翠が強い口調でなじる。阿曽課長が嫌らしげに笑った。

「どうだかわかるものか。若気の至りだと言ってたじゃないか。若気で済むか。腐った人間はいつまでも腐ったままだ。落ちた男の怪我はどうだったんだと訊ねたら、知るかよってバカ笑いしてたじゃないか。人間性を疑うね」

「人間性！　おっさんが言うか。だいたい、あたしら中学生だったんだよ。乱交パーティなんてするわけないじゃん。おっさん、汚れてる。それ、あんたが妄想膨らませてるだけだよ！」

翠が派手に騒ぐ。

そこは同感だ。阿曽課長は自分の妄想で、中学生だったわたしたちを断罪している。とはいえ。

「翠、あんた、どうしてそこまで説明しなかったの。マンションで阿曽課長から死体を始末するから手伝えって言われたときに、抵抗しなかったの」

「は？　珊瑚がやるしかないって騒いだんじゃん。包丁突きつけられて、脅されてるからって」

「ペティナイフで脅されてるって意味じゃない。十七年前のことで脅されてるって意味！　だいたい、翠が十七年前に、転落した男の話を正確に伝えてくれていれば」

「は？　あたし、あんたが勘違いしてるなんて思ってもいなかったっつーの」

「勘違い？」

わたしの言葉を、翠が鼻で笑った。

「ほかになんて言えばいい？　勘違い、それ以外のなんでもないじゃん。バッカじゃない？　十七年前のなにが悪いって？　珊瑚が新聞のコピーを受け取らなかったのが、自分の目で確認しなかったのが、一番悪いんじゃん」

わたしが？　わたしが悪いの？　だってずっと信じていて、どうにかしなくちゃいけないと思っていて。

今までずっとそう思って生きてきた。わたしは誰かを死なせたって。

ずっと、不安を押し込めるために正しくあろうとして。

それが、勘違い？

そんなばかな。いまさらそんな。

わたしはなにを信じて——

「ちょっと珊瑚、だいじょうぶ？　酔った？」

黙ってしまったわたしに、翠が訊ねてくる。

「……降りる」

「へ？　聞こえない」

「降りる！　わたし出てく。だって、もう必要ないじゃない。阿曽課長に脅される必要なんてない。翠につきあう必要もない。百合子が死んだのもわたしには関係ない！」

「騒ぐな、危ない！」

阿曽課長が短く言った。

「降ろしなさいっ！」

わたしは鞄からカッターナイフを出した。刃を出して、阿曽課長の頬に当てる。

「珊瑚？　それいつの間に？」

翠の驚く声が聞こえる。

「寝室から免許証を持ってきたとき！　なにがあるかわからないから持ってきた。言ったじゃない。なにごとも用意はしておいたほうがいいって」

「危ないからしまってくれ！」

阿曽課長が叫ぶ。

「止めなさい！　なんでわたしを巻き込むの。なんでわたしがこんな目に遭わなきゃいけないの。嫌だもう。こんなの嫌！」

「さ、珊瑚。あんたも落ち着きなって」

電話の音が鳴った。阿曽課長のシャツの胸ポケットからだった。驚いて、わたしの手が動いてしまった。それにつれて刃先も動く。

避けようとしたのか、阿曽課長の身体が動いた。身体の動きに伴って腕が動き、ハンドルが動き、タイヤが動き、車が横を向いた。

道を逸れた。堤防道路だ。斜めになって落ちていく。暗くて速くて、路肩は土だか草むらだかわからない。

叫び声が重なった。

車がなにかに乗り上げたのか、突然、下からの突き上げがあった。でも止まらない。バウンドしながらも滑り落ちていく。額に硬いものが当たった。膝に落ちてくる。阿曽課長のスマホだ。再び飛び上がって怪我をしないよう、両手と膝で抱え込む。

ヘッドライトになにか、黒い塊のようなものが映った。思わず頭を伏せる。

衝撃を感じて、車はやっと止まった。

「珊瑚、生きてる?」

背後から、翠の声がした。翠も生きているのだ。

「……うん、だいじょうぶ」

顔を上げようとすると、エアバッグに阻まれた。なんとかシートベルトを外して、体勢を立て直す。

運転席に木が生えていた。

いや違う。車が、幹にめり込んでいるのだ。阿曽課長はその向こうにいるはずだが、動かない。肩なのか暗い塊がわずかに見える。

「阿曽課長? 課長?」

呼んでみた。返事はない。

手を伸ばしてみたが指先が届かない。運転席のシートを押して揺らしても、反応はない。

自分の周囲をまさぐった。鞄がある。膝の上にスマホがある。いや、これは阿曽課長のものだ。自分のものは鞄の中のはずだ。鞄の中も手探りで確認した。財布、スマホ、それから……。思いだせる限りのものは入っている。

「翠、あんた動ける？　荷物、ある？」

「あちこち痛いけど動ける。荷物もあるよ」

「荷物の中身は？　ぶちまけてない？」

「へ？　ファスナーつきだから出てないはず。どうして」

「ドア、開く？　外に出られる？」

翠の問いには答えずに、自分も助手席のドアハンドルを動かした。がこがこと軋むものの、なんとか開くようだ。背後でも同じような音がしている。やがてすいっと、外の空気が入ってきた。冷たく、爽やかだ。

運転席からは、なんの気配も伝わってこない。

阿曽課長のスマホを膝に持っていた。さっきのは、真哉からの着信だったようだ。服で拭って自分の指紋を消しておく。

「ふう、脱出。阿曽のおっさん、どうなってる？」

翠が外から小声で呼びかけてくる。

「動かない。死んでるかもしれない」

なんとか開いた隙間から、わたしも外へと這って出た。足元は草地で、斜めになっていて不安定だ。指紋がつかないよう手の甲を車に当てながらゆっくりと運転席へと回りこもうとして、息を呑んだ。

車が幹にめり込んだ、なんてものじゃない。二股の幹か途中で切られた大枝かが運転席を潰して一体化していて、フロント部分と枠がぺしゃんこだ。エアバッグも効いているのかどうか。どの部分に課長がいるのかわからないほどだ。

「げ。すごい状態。こりゃ死んでるね。危機一髪だったね、珊瑚。少しずれてたら、あんたが死んでたんじゃない？」

翠の声も震えている。

そうだ。ほんの数十センチ助手席側につっこんでいたら、わたしがやられていた。数センチだったとしても、歪んでドアが開かなかっただろう。

やっぱりわたしには運があるのだ。積み重ねてきたものがあるのだ。最後の最後に、逆転する運が。

「一一九、一一〇、どっちに通報すればいい？」

翠に問われた。

「どっちもしない。逃げる」

息を呑む音が聞こえた。

「……まじ？」

「だってどう説明する？　警察来て、なにをやってたんですかって訊かれて、ドライブで済むと思う？　怪しまれて調べられてるうちに、百合子の死体が出たらどうするの」

「出ないかもしれないよ、つか、出ないんじゃね？　あれだけ錘とかくっつけたんだし」

「保証なんてない。だいたいわたし、……わたしたち、関係なかったんじゃない。わたしは十七年前に人を死なせてはいなかった。脅される理由なんてなかった。なのに巻き込まれたんだよ。わたしたち、普通に警察に届ければそれでよかったのに。百合子は不幸にも頭をぶつけて死にました、阿曽課長が殴るような恰好になってしまいましたって、警察に言ってよかったのに。阿曽課長がどうしても死体を隠したいなら、ひとりでやらせればよかったんだよ。違う？」

翠を見つめると、翠もわたしを見つめかえしてきた。瞳の揺らぎがわかる。

あたりが、徐々に明るくなっていく。闇が融けて、大気がゆっくりと青みを帯びる。

「違いない。逃げよう」

「人に見られないうちに、早く。荷物、持ったよね？」

うん、と翠が答える。ふたりで草だらけの斜面を登って、堤防道路へ。見下ろすと、家が点在しているのがわかった。少し先に架線が見える。どの路線かはわからないが、辿り着くところには始発も走るんじゃないだろうか。スマホのＧＰＳ機能で、自分たちがいる場所もわかるはずだ。

堤防道路を少し進んでから、わたしたちは人家のあるあたりへと降りた。朝焼けがはじまっていて、堤防の上にいては目立つ。

ピンクと青とオレンジが、幾重にもなった朝焼け。見とれそうになるほど美しいけれど、そうもしていられない。

突然、大きな音がした。凝縮していたなにかが弾け飛ぶような音だ。振りかえると、朝焼けより赤い火柱が上がった。黒い煙がもくもくと膨らみ、昇っていく。

「まさか、あの車？　そうだよねっ、きっと」

翠が興奮する。

「……声、落として。でも可能性は高いと思う」

「見にいこうか？」

「冗談じゃない。ここでこんなにも音が聞こえるんだから、近くの人が見にいくよ。すぐに救急車が来る。目撃されたらまずい」

今にも目の前の家から人が出てきそうで、わたしは顔を伏せた。

だけど車は燃えたのだ。阿曽課長は確実に死んだだろう。残っていたかもしれないわたしたちの髪とか指紋とか、そういうものも一緒に燃えたのだ。

これでもう安心だ。本当に安心だ。

知らず、笑いがこみ上げてきた。

よかったじゃん、と翠が肩を叩いてくる。

半分、だけね。本当は阿曽課長と一緒に、翠、あんたも燃えていればもっとよかったんだけどね。……あんたが誤解させたんだ。その落とし前はつけてもらう。

「のんびりしていられない。早く逃げよう」

18

そして、今、あたしたちは沖縄にいる。

あのドタバタの中でカッターナイフを隠し持ってきた珊瑚は、旅行会社のクーポン一式も準備していた。それどころか、空港まで荷物を持っていくのは大変だからと、昨日の昼の間にお届けサービスとかいうのを頼んでいたらしい。なぜあたしに言ってくれなかったんだろう。知ってればあたしの荷物も交ぜてもらったのに。本当にケチなんだから。

とはいえあたしも、着のみ着のままじゃない。身の回りのものは、空港や、那覇に着いてから購入した。

百合子の鞄から、財布を失敬させてもらったのだ。だってもったいないじゃない。ヴィトンの新作だよ。ミュールも鞄も海に捨てるだなんて、珊瑚の言うことはむちゃくちゃだ。バカじゃないのと思ったあたしは、車に取りにいったついでに財布だけ、自分の鞄に移した。そして阿曽が百合子の鞄の中をチェックしないよう手早くカードケースとスマホを渡し、残りはさっさと自分の手でビニールシートに押し込んだのだ。財布の中には現金以外に、お守りもあった。こういうの、下手に捨てないほうがいいよね。あたし、いいことしたようなものじゃん。

沖縄の太陽は、ハンパなく痛い。下手すると本州のほうが気温も高いってのに、昼日中の日差しは強く、頭のてっぺんが焦げるのだ。聞けば現地の人は、昼間は海に出ないらしい。でもせっかくやってきたんだ。ここはオリオンビール片手に、砂浜で女ふたり、リゾート気分を味わおう。

言っちゃなんだけど、犯罪者とリゾートな砂浜って似合う。

ヤバイ連中からまんまと逃げ、大金を片手に海を見ながらシャンパンを傾ける。映画のラストシーンでよくあるじゃん。

大金はないけど。犯罪者ってほどでもないけど。だって、あたしが手を下したわけじゃないし。

百合子は自分で頭をぶつけて死んだ。自分で……うーん、半分くらいは阿曽も悪い。ちょっとは珊瑚も悪い。でも最初にペティナイフなんて持ち出したのは百合子だ。だから相殺して珊瑚は許してやってもいいか。でもあたしはなにもしていない。まったく無関係だ。

阿曽が死んだのも自分の運転ミス。これも運が悪かったからだよね。カッターナイフなんて持ち出した珊瑚のせいも、ちょっとはある。だけど落ち着いて運転すればいいだけ。珊瑚が止まれって言ったときに止まればよかったんだよ。百合子を海に捨てようと言いだしたこととあわせて、やっぱ、自業自得。

だからあたしたちは責任を感じることなく、パーッと明るく休暇を楽しめばいいんだ。生きてるってすごい！　あたしたちは生きてるぞーって、海に向かって叫ぶべきなんだよ。

なのに。

珊瑚って、根っからネガティブ思考だ。

那覇空港に着いて、ニュースをチェックした珊瑚が悲鳴を上げた。今やどこにいてもどの地域のニュースも、ネットで調べられるもんね。十七年前にあれこれ頭を悩ませていたときとは大違い。ただ今回の場合、それがよかったとはいえない。考えるのは戻ってからにしようって言っとけばまだマシだったかな。

運転を誤り河川堤防の道路から落ちた車が炎上。運転手は重体。そんな記事。

――重体。阿曽は死んでいない。

単独事故だったせいか、記事の量は少なかった。どういう怪我なのか、意識はあるのか、それさえわからない。わからないなら考えるだけ無駄だと思うけど、珊瑚はそうじゃないようだ。

沖縄に来るまで超強気だった珊瑚が、一変した。

阿曽が喋ったらどうしようと、震える。

車は焼けたはず。でも珊瑚は、あたしたちの痕跡を気にした。しかも珊瑚ときたら、阿曽に向けたカッターナイフを車の中に置いてきてしまった。鞄は何度も確認したのに、カッターナイフはすっかり忘れていたそうだ。

でもそんなのもう燃えてんじゃない？　あの場で気づいたところで、衝突のはずみでどっかに飛んじゃってて探せないだろうし。燃え残ってたって、いちいち調べるかな。カッターナイフ、車内にあってもいいじゃん。

あたしが大量に買ってきたロープも痕跡だそうだ。ビニールシートを縛っても充分以上の量があり、残りは車に持ち帰った。あんなに大量のロープを車に積んでいるなんて稀だろう、怪しまれるんじゃないか、なぜ何種類も買ったのだと珊瑚は文句を言う。

そうかなあ。ロープって結構使うよね。阿曽は住宅関係の仕事だし。あれ社用車じゃないそうだけど。

軍手の残りも、って以下同文。珊瑚は不自然だと言い、あたしはあってもいいと主張する。あたしがロープを買うときに、ガテン系の男たちに絡まれたことも責められた。車種やナンバー、運転席の阿曽の顔と一緒に覚えられたんじゃないかと。

それはないって。同じような車は世の中に何台もある。事故った車と結びつけたりしないよ。そんなに頭のいい連中とも思えない。

どれもこれも百合子の死体があってはじめて「怪しい」って思うことばかりだ。車の中にちょっと余分なものがあったからって、そう不審に思うわけないじゃん。それなのに珊瑚は、要らない心配を次から次へと数え上げる。

勘弁してよと言うと、珊瑚は「わたしは慎重だから気になる」と胸を張る。そんなに慎重なら、阿曽が本当に死んだかたしかめればよかったのに。

どう慰めても、珊瑚のネガティブ思考は止まらない。いい加減にしろと責めると、今度は例の、修学旅行で階段から落ちた男が死んでなかったって話を持ち出す。あたしがあの男が死んだかのように信じ込ませ、自分をコントロールしようとした、と。

そんなつもりはない。珊瑚が悪いほうに悪いほうに受け取ったのがいけないんだ。

そりゃ多少は曖昧な言い方だったかもしれない。珊瑚に後ろめたさがあるなら、脅したほうがこっちの要求も通るし。でも本気で、あの男を死なせたと思い込んでたなんて、呆れるね。

……いや本当は、もしかしたら勘違いしてるのかなって気はしてた。珊瑚を見てて、うっすらと、途中からね。改めて教えてあげてもよかったけど、珊瑚は仕事や母君様のことで、どんどん意地悪になっていった。だったらあたしだって、親切にしてやる義理はない。

中学のときもそうだった。珊瑚は、危ない目に遭ったのは全部あたしのせいだとばかりの態度で、あたしを避けていた。だからムカついて、いちいち細かく説明しなかった。けど、新聞を見りゃわかることじゃん。たしかめなかった自分が一番悪い。

とにかくあたしのせいじゃないっつーの。あたしは悪くない。

そういうわけで珊瑚は、せっかく沖縄にいるのにニュースのチェックばかりしている。ホテルに閉じこもり、あたしにもそう強要する。

警察にかぎつけられたら大変だと、予約していたホテルも移った。プチ新婚旅行用リゾートホテルが、あろうことか学生御用達の安ホテルに。カードも追跡される可能性があるから使わないよう言われた。スマホも取り上げられた。電源が入っているとどの基地局の近くにいるかわかるからだってさ。珊瑚はニュースチェックにも、ホテルからわざわざパソコンを借りている。

阿曽のスマホを拭っておいたことも、怪しまれるんじゃないかって言ってたっけ。彼自身の指紋もなにもついてないなんて不自然じゃないかって。ばかばかしい。どうせ燃えてるって。だいいち自損事故でそこまで調べやしないだろ。

そんなに阿曽が気になるなら、会社に電話して確認すればいいのに、それさえしやしない。怪しまれるからだって言うけど、そこまで警戒するほうがよっぽど怪しいよ。

そんなこんなで、沖縄の日々は過ぎる。

夏の太陽が眩しい。だけどその眩しさを満喫できないまま、旅行の日程は過ぎた。

「はー、やっと帰れるね。長い日々だった。とても二泊三日とは思えない」

ツインルームの暗い照明の下、またパソコンに向かっている珊瑚に、あたしは嫌みを投げた。風呂上がりのオリオンビールが旨い。飲まなきゃやってられない。

「当分帰れないよ、わたしたち」

珊瑚が振り向きもせずに言う。

「なに言ってんの？　あたし帰るからね。なんで沖縄に来て隠遁生活？　なんであたしまで珊瑚の怯えにつきあうの？　そりゃ、お金出してもらってる立場だよ。でもそれは急に家を出たからだよ。突然でなきゃあたしだって、有り金全部持ってきたよ」

本当は、百合子の財布から抜いたお金があった。着替えに使っちゃったから、あんま残ってないけどね。あの向日葵のワンピースは、さすがに着る気にならないし。

「そうじゃない。飛行機が飛ばないの。台風が来てる」

「台風？」

「気づかなかった？　海、相当荒れてるのに」

「ほとんど出かけてないのに気づくわけないじゃん。ってゆーか、それどうなるの？」

「欠航は確定。腰を据えるしかない」

「冗談じゃない。あたし帰るよ。どうにかして、船とか」

「台風だってば。船も無理」

たしかに台風には勝てない。だけど振り替えとかどうなってるわけ？

珊瑚はまた、カチカチとパソコンのマウスをいじっている。

「……台風、なんだよね」

思い詰めた表情で珊瑚が言う。

「それは聞いた。台風だからなに？　いくら台風だからって、ホテルは風で飛ばされたりしないよ」

「台風で、百合子の死体、どうなると思う？」

　珊瑚が怖い顔で見つめてきた。

「どうって……、どうなるのさ」

「死体の体内に溜まるガスの量って、思ったより多そうなんだ。錘がついてても水面に上がる確率が高い、って書いてあるサイトもあった」

「えー？　そんなこと言ってなかったじゃん！」

「知らなかったんだよ、わたしも、多分、阿曽課長も。で、台風で海が荒れて、錘をつけたロープが切れたら、どうなると思う？」

「あたしにわかるわけないじゃん」

「ふたつにひとつ。陸のほうに戻ってきたら、見つかるかも。逆に沖へ沖へと流されたら、見つけようもない。魚が食べるか鳥が食べるか。いつか消えてなくなる」

　ごくり、と鳴ったのは自分の喉だ。珊瑚が続ける。

「賭け、だよね。見つかるか見つからないか、陸か海か、バレるかバレないか。天秤はどっちに傾くと思う？」

「……天秤？」

「そう、天秤。わたしはなにがあっても切り抜けてきた。善いことを皿の上に積み重ねていれば、多少の悪いことはカバーされると信じてた。十五歳のときに、あの男のことを誰にも知られずに済んだのも、わたしがまっとうに生きてきたおかげだと思ってた」

「つーか、あの男は死んでないって」

「今度こそ本当に、わたしが試される。今までの生き方が問われる」

珊瑚の目が据わっている。

「意味わかんない。その気色悪い考え方やめなよ。試されるもなにもないっしょ。バレるときはバレるし、バレないときはバレない。予想なんてつきやしない」

「だからよく考えて最善の道を」

「考えたってダメなときはダメ。バレたら終わり。考えたって台風のことはわかるわけない。ビール飲んで寝る！」

「翠、あんたは——」

「聞かない！　聞かないからね！　おやすみ」

珊瑚はしつこく、台風がこのルートを行った場合とかあのルートの場合とか、ぶつぶつと喋っていた。台風なんて、気象予報士でさえ予報を外すような相手だよ。そんなのわからない。死体が見つかるのは怖いけど、どうしようもない。腹くくるしかない。

だって一番悪いの、阿曽だし！

台風十一号は室戸岬沖から列島を太平洋岸沿いに走り抜けて、晴天をもたらした。そしてニュースがやってきた。まあ正確には、沖縄にしばらく留まるしかないかと覚悟を決めて、バイトでも探そうかと街をふらついて戻ってきてから、だ。このあたしが率先して働こうと思うだなんて、どんだけ珊瑚が頼りにならないかってもんだ。逆境に弱いヤツ。とりあえずの資金として、百合子の財布を売ろうかな、なんてことも思った。新作のレアモデルだからいい値になるはずが、リサイクルショップの店員が無知で安い値しか引き出せなかったので見送ったけど。スマホさえあれば転売サイトで売るのに。

ホテルの部屋に戻ると、珊瑚はテレビに釘付けになっていた。まだ風が強いから飛行機は運航しない、ってニュースかと思ったら、そうじゃなかった。

台風のニュースの後、映った風景はどこかの埠頭だった。画面越しに、荒々しい波頭や煌く太陽の光が伝わってくる。

台風が遠ざかったのと前後して、海から死体が発見されたとアナウンサーが告げる。死後数日経っているから台風の行方不明者ではないようだと続ける。あれは百合子を棄てにいった海だろうか。わからない。暗かったから覚えていない。

けれど身元の参考にと大写しになった着衣の柄ですぐにわかった。黄色い向日葵。捨てていいかどうかわからなくて、まだ持ったままのワンピースと同じ。

百合子だ。

二十代から四十代の女性だとか、歯の治療痕がどうとか、あれこれレポーターが喋っている。説明は要らない。聞かなくてもわかる。百合子以外の死体があったら驚くよ。

珊瑚はがたがた震えていた。

小さな声で、もぞもぞと何か言っている。運がどうとか、天秤がどうとか。この間の続きか。

台風一過。あたしたちは賭けに負けた。

「珊瑚。これ、やばくね？」

めいっぱい、軽く言った。そうしないと、あたしも珊瑚みたいに、がたがたと震えて、テンパっちゃって、どうにかなりそうだ。

珊瑚はテレビを眺めるともなく眺めている。あたしはいつの間にか床に座り込んでいて、身体に力が入らない。

どれだけ時間が経ったのだろう。ふらりと珊瑚が立ち上がった。部屋の奥へと歩いていく。バスタブと一体になったユニット式のトイレ。パニクっても、出るものは出るんだ。そりゃそうか。

あたしは珊瑚の背中を見送り、ゆっくりと、視線を戻した。テレビはとっくに別の番組になっていた。派手な笑い方をする女と男が、小突きあっている。

あたしたちの絶望や百合子の死体など関係なく、テレビは笑う。耳にキンキンくる音楽が鳴り響く。うっとうしくなって、あたしは逃れるように窓を見た。ああ、日が沈む。

夕陽に染められた部屋は彩りを変えていた。ベッド、テーブル、どれもこれもが別の色になっている。珊瑚のトランクや鞄もだ。

ふいに思いだした。珊瑚に取り上げられたあたしのスマホ。今さら居所がバレようがバレまいが同じだ。これからのことを考えなきゃ。逃げるなら資金がいる。

珊瑚が戻ってこないうちにと、あたしは鞄に手をかけた。自分のスマホを探し、電源を入れる。

同時に着信があった。兄上だ。

「翠？　翠なのか？　おまえどこにいるんだっ！　珊瑚はどこだ！」

叫ばなくても聞こえるのに、無駄に大声を出すから逆に聞きとれない。

「み、翠だけど。えーっと、兄上、悪いんだけどお金送ってくんない？」

「金？　なに言ってるんだ。どういうことだ。ふたりとも無事なのか？」

兄上の興奮は収まらない。無事かと言われれば無事、でもこれ無事と呼べる状態かな。

「うん、那覇のホテルにふたりで――」

「ふたり！ 珊瑚も一緒だな？ 生きてるんだな？」

風船が萎むかのような、大きなため息が受話口から聞こえた。

「よかった。……よかった」

兄上は半泣きだ。

「ニュースで女性の死体がどうとかやってて、その死体の着てる服がおまえたちの取りあってたワンピース、あの向日葵のヤツとそっくりで、もうビックリして」

「あたしたちじゃないよ」

「わかる。そんなわけないってわかってる。でも、おまえたち両方とも電話に出ないし、予約のホテルはキャンセルされてるし。それに出張終えて帰ってきたら、部屋が変だった。ソファとダイニングセットの間は開いてて、大理石のサイドテーブルも隅に押しやられて、翠の部屋なんてもう、荷物がぐちゃぐちゃで」

「あたしの部屋は、いつものことじゃん？」

引きつりながら答えた。慌てて出かけたから、リビングの家具も元に戻してない。

「そうだな。けど、変な事件にでも巻き込まれたのかと思ったんだ。そんなこと、ありえないのに。僕……、僕もさ、ちょっとだけ面倒に思って出張中連絡しなかったんだ。おまえたち女の子同士のちっちゃなやりあいとかさ、電話で愚痴られても嫌だなって、放っといたんだ。……ごめん。だけどニュース見て、僕が連絡しないせいでとんでもないことが起きたんじゃないかって責任感じちゃって。やっぱり男の僕がしゃんとしてなきゃダメなんだなって、……なに言ってるんだろ。ほっとして、混乱してるよ」

自嘲の笑い声が聞こえる。あたしもつられて笑うしかない。

巻き込まれては、いる。ものすごく、巻き込まれてる。

「一刻も早く帰って来い。それから珊瑚と電話を代わってくれ」

「それが……、帰れないっつーか、下手に帰るわけにはっていうか」

「どういうことだ？　金って、盗まれたかなにかしたのか？　ともかくキャッシングかなにかして借りてすぐ帰れ。お袋が死んだ」

「え？」

「昨夜、急変したんだ。僕も連絡貰ってすぐ福岡から帰ろうとしたが、飛行機は飛ばないし新幹線は遅れるしで間にあわなかった。病院であれこれ済ませていったん戻ったところで、また出かける。おまえたちのスマホにつながらなかったせいか、家の留守番電話がすごいことになってるぞ。それから珊瑚に、会社からのメッセージが入ってた。内容は――」

あたしはスマホを持って、部屋の奥にあるバスルームに駆け込んだ。

そこで飛び込んできたもの。

「珊瑚！　あんたなにしてんの。やめなよっ」

あろうことか、珊瑚はバスタブの縁に片足をかけていた。手に持っているのはタオル。それをシャワーカーテンのパイプにかけて、強さをたしかめるようにぐいぐい下に引っぱっている。

「早まっちゃダメ！」

あたしは珊瑚の腰を抱いた。バランスを崩してふたり、せまいバスルームで転ぶ。あたしはトイレに抱きつくような形になり、珊瑚はバスタブに頭をつっこんだ。

「痛ったー。なにするのよ。頭打ったじゃない」

「だって珊瑚、今、首を吊ろうと」

「してないよ。タオルを干してただけ」

起き上がった珊瑚が怖い顔で睨んでくる。なにかをごまかすような雰囲気だ。

「いや、でも」

「してないったらっ。なんなのよ！　なんの用？」

「兄上から電話。あたしたち帰れるよ。あいつ、死んだんだよ。阿曽ってヤツ」

珊瑚がぽかんとしている。

「死んだ？」

「大やけどで意識が戻らないまま、死んだって。お通夜の連絡が家の留守電に入ってたそうだよ。もう、あいつはあたしたちのことを喋らない」

ごくり、と珊瑚の喉が鳴った。

「……勝ったのね、わたし」

「勝った？　いや帰れるって言ったんだけど。ねえ、だいじょうぶ？」

あたしは珊瑚の肩を幾度も叩く。

「だから勝ったのよ、運命に。天秤の皿はこちらに傾いたのよ」

珊瑚が、幸せそうにほほえむ。

いや、その天秤とか気味悪いからやめなよ。勝ちも負けもない。バレずに済んでラッキー。あー、よかった。それでいいじゃん。

19

沖縄から戻ってからの何日かは、目まぐるしくて気が変になりそうだった。

まずは征市の母親の葬式。これが手順ですという葬儀社の指示通りに動く、ベルトコンベアーに乗っているようだった。見放す形になったのは申し訳ないけれど、突然すぎて実感が湧かない。

合間をみて、阿曽課長の葬式に行く予定だった。ところが通夜だけで、突然中止になってしまったという。海で見つかった死体が百合子だと判明し、阿曽課長が関わっていたとわかった途端、儀礼も途中なのに親戚一同が手を引いたそうだ。

殺害方法も殺害場所も不明のままだが、妻を殺して遺棄した直後、夫は運転を誤り事故。自殺の可能性も高い。――そんな記事がネットや新聞を賑（にぎ）わせた。

自殺と思われるだけの事情もあった。

阿曽課長はリストラの対象だったのだ。仕事のミスをきっかけにメイン事業から外され、ひとり会議室で無為な日々。百合子はそれを知らず、今までどおりの生活を送っていた。当然出費もかさむ。けれど阿曽課長は、プライドがあって止めない。会社も表立って言わない。わたしをはじめ子会社や取引先の人間も、誰も知らなかった。

でも知ってしまえば、うなずけた。リフォームで自宅に伺ったときは同席、デパートやスポーツクラブでも鉢合わせ。阿曽課長は暇だったのだ。プロジェクトとプロジェクトの合間にまとめてリフレッシュ、なんて言い訳をしていたけど、まったく違っていた。

リストラを妻に知られたのではないか。妻の百合子にも精神的な疾患があり、夫婦関係が不安定だったのではないか。そんななかでトラブルが起こって殺害に至ったのではないか。さまざまな憶測が、もっともらしくささやかれた。

死んだ人間の悪口は、放っておくとどんどん出るらしい。退職勧奨まがいをした負い目が会社にあってか、阿曽課長の評判は日に日に悪くなった。親会社のみならず、うちの会社でもそうだ。親会社に勤める阿曽課長への捻じれた感情が、噂に拍車をかけていく。

一見温厚だが、トラブルに弱く激しやすい人だった。見栄っ張りで女性に弱かった。それが主な評価で、関係があるのではと目される女性の名が何人か出た。不安を抱いていたけれど、わたしの名前は人の口には上らなかった。女性を口説いているところを見たと手を挙げる者が複数いて、阿曽課長の下半身のだらしなさは事実となっていった。

車に残っていたかもしれないわたしと翠の痕跡や、百合子を棄てるためにホームセンターで買ったものがどうなったのか、警察が調べているかどうかとても気になったけれど、その噂は出なかった。

やがて百合子に対する殺人及び死体遺棄事件は、被疑者死亡のまま書類送検となった。法律に詳しい会社の人によると、阿曽課長が死んでいるので十中八九、被疑者死亡のまま不起訴、という形で決着するだろうという。

それ、終わったってこと？

わたしはようやく、心から喜ぶことができた。

翠なんかは単純だから、阿曽課長が死んですぐにすべて終わったとはしゃいでいたけれど、そう簡単なものではないのだ。けれどやっと区切りがついた。

わたしは花を買い、阿曽課長と百合子に手向けにいった。お墓の場所は聞いていない。せめてもと彼らの住んでいた家を訪ねる。窓の少ない家は、外からのなにものも寄せつけないように見えた。塀に書かれた心無い落書きを見ながら、安らかでいてくださいと願う。

「……八木先生？」

薄く扉が開いた。人の気配がなかったので驚いたが、出てきたのは真哉だった。

「真哉くん、ここにひとりで住んでいるの？」

「ううん、荷物取りに来ただけ。先生は？」

真哉が花束に目を留める。老成したような表情で、目には覇気がない。

「あ、ええ、これを阿曽課長と百合子さんにと思って。この度はお悔やみ申し上げます。……真哉くん、これからどうするの？　学校とか、生活とか」

「お母さんの親戚が引き取ってくれました。あ、そうだ、香典、わざわざ送ってくださってありがとうございました。お返しはその親戚がすると思います。その花へのお返しは、僕、どうすればいいかわからないんだけど」

真哉が困ったように笑う。

「必要ないし、そういうのは大人の考えること。いろいろと大変だったでしょう」

「まあ、そうですね。仕方ないけど。学校は変わります。その家の近くの公立に。入試勉強、無駄になっちゃいました」

「無駄だなんてことないよ。勉強したことは将来、きっと役立つから。それに、今の学校ではいじめられていたんでしょう？　抜け出せたと思えばいいよ」

「いじめ？」

不思議そうな顔で、彼はわたしを見てきた。

「わたしの会社の前まできて、そんなこと言ってたじゃない。雨の中で濡れながら待ってて。お父さんも、あなたが悩んでいるって言ってた」

「別に、そんなんじゃなかったんだけど。……そうですか、父はそんなふうに思っていたんだ。……そっか……」

「気にしてたのよ。もちろんお父さんなんだから、気にして当然だけど。真哉くん、負けないでね。あのときも言ったけど、大変なことに遭ったとしても、めげずに正しい道を選択して進めば、そこでバランスは取れるから。善いことをたくさん積み上げて、努力をしていれば、それに見あう運命を神様は用意してくれる」

「運命、ですか」

真哉が首を傾げる。

「あなたががんばってることを見守ってる人はきっといる。いい方向に風が吹いてくるからね」

「……ありがとうございます」

頭を下げ、荷造りが途中なのでと真哉は家に戻っていった。

手伝ってあげようかと思ったけれど、そばにいるとなにかの拍子に、わたしのやったことを気づかれるかもしれない。

真哉には申し訳ないことをした。せめて新しい生活が楽しいものになるように祈る。

わたしにもやっと、元の生活が戻ってくる。最初に決めていた暮らしが。

征市との結婚に不満がないといえば嘘になる。征市はわたしを尊重してはいないし、面倒を押しつけてもくる。だけど、世の中にそうじゃない人がいるだろうか。今回、いい勉強になった。阿曽課長だってわたしを尊重してはいなかった。都合よく扱うためにわたしの話を聞いていただけだ。阿曽課長は妻の百合子さえ尊重していなかった。誰だって、自分が一番大切なのだ。

他人の一番になるのは無理なんだ。自分で自分を尊重していくしかない。

征市は、少なくとも浮気はしないだろう。うまく操縦していけばいい。今のわたしなら、それもできるだろう。

問題はない。……翠の存在を除けば。

数日後、翠に届いた通販の荷物を見て驚いた。

美顔器セット。十万円近い。どうするんだこんなものを買って。

「使うに決まってる。飾ってどうするの。もうビックリだよ。ほとんど出歩かなかったのに、沖縄から戻ってから肌がピリピリがさがさ。いつ焼けた？　超やばいって」

「お金はどこから出たの？　自分で部屋を借りて出ていくって話はどうなってるの？　まずは部屋代を貯めるべきでしょう」

「兄上にねだったわけじゃないよ。自分で作ったんだって。転売サイトで財布を売って――」

翠が言葉を止めた。

「財布？　売れるような財布、持ってた？」

「……いや、それはまあ」

「まさか、翠、あのとき……、百合子の財布を盗ったんじゃ」

あの夜、埠頭で、百合子の鞄を車の中から取ってきたのは翠だ。妙に時間がかかっていたけれど、まさか。

「もったいないじゃん。あのまま海に沈めるなんて」

「売ったの？　いつ？　わたしたちが事件に関係してるとバレたらどうするの」

「バレやしないって。もう終わったこと。細かいなあ」

翠は、ほかにはなにも盗っていないと言った。わたしたちと結びつけて考える人間なんていないと、バカにしたように笑う。

十七年前の修学旅行。——あのとき、階段から落ちて死なせたと思った男は別人だった。翠になにを言われても、怯える必要はなかった。

だけど今回は違う。一緒に百合子の死体を棄てた。わたしが死なせたわけじゃない。けれど棄てるだけでも罪だ。知られたら大変なことになる。

同じ罪を犯した翠が、わたしと同じ覚悟を持っていればいい。でも翠は違う。いつか口を滑らせる。あやふやな言い方で誤解を生む。

このままじゃいけない。

もっと早く、翠を始末しておくべきだったのだ。

翠と一緒に沖縄に行けと、征市と彼の母親に強要されたとき、逃れるすべはないものかと思った。けれどプールを見て閃(ひらめ)いた。

——泳げない翠を溺死(できし)させられないかと。

ホテルのプールより、海がいいだろう。早朝の海や陽の沈んだ海、そんな人の少ない時間。ロマンチックだよなんて誘えば、翠はほいほいついてくるだろう、と。

溺死が無理ならとほかの方法も考えた。ホテルの部屋はオーシャンビューを押さえていた。眺めにつられてバルコニーから身を乗り出して転落、なんて展開も悪くない。

そんな夢想をしていたのに、阿曽課長と百合子のせいで、計画がまるごと消えてしまった。百合子の死体が見つかったと報道されたときも、翠に罪を被せて自殺させられないか考えた。

首吊りはどうだろうと、バスルームで、タオルを使って試した。

吊ったヒモに自分で首をつっこむのと、他人が首を絞めるのとは、残る痕が違うと聞いたことがある。どんなふうに違うのだろう。柔らかいタオルなら違いも目立たないんじゃないか。バスルームのカーテンレールにひっかけて、滑車の要領で引き上げられるだろうか。そう考えて試行錯誤をしていた。

そんなとき、翠が闖入してきて驚いた。計画がバレたかと焦ったけど、翠はわたしが思い詰めていると誤解した。

でも阿曽課長が死んだという連絡で、翠の自殺の理由がなくなってしまった。征市の母親も死んだばかり、翠までもが旅先で事故死というのは不自然ではと、ためらった。

その迷いが、こんなことを引き起こすなんて。

翠にはどこかで足をすくわれる。この何ヶ月かで、それが身に沁みてわかっていたのに。それでも危ういところで助かってきたのは、わたしの運の強さのおかげ。善いことを積み重ねてきたおかげだ。

……翠を始末することは、善いことだろうか、悪いことだろうか。

決して善くはない、一般的に言えば。でもこれが最後だ。翠さえ排除してしまえば、あとはもう、わたしは善いことだけをして生きていける。

今度こそやりとげる。もう二度と、翠に心を乱されることのないように。

わたしはしばらく翠を観察した。翠は新しいアルバイトをはじめ、生活のリズムが定まってきた。いいことだ。行動の予測がつく。

翠の新しい職場はアパレルで、友人もできて、よく飲んで帰ってくる。特に休みの前日はかなり飲むようで、おぼつかない足取りで電車に乗る。

もしそこで、足を滑らせたなら。翠の行きつけの呑み屋の最寄り駅はまだホームドアがなく、普通電車しか止まらない。快速が通り抜けるとき電車はたいして速度を落とさない。

わたしは日中に駅に出向き、人波に紛れられる時間を見計らって監視カメラを探した。死角は絶対にあるはずだ。ホームのすべてを映すのはむずかしい。

やがて、ここならばという場所を見つけた。あとはその場所に翠を立たせるだけだ。どうやろう。スマホで呼び出す？　自分の携帯番号では足がつく。無料のメールアドレスからSNSのアカウントを取って、近づいてみようか。少し時間がかかるけど。

乗車客のようすを見たり、タイミングを図ったりのために、夜にも何度か足を運んだ。飲み友だちの終電のほうが、翠より早いらしい。それにあわせて、翠がホームに来る時間も決まっていた。

まだ残る夏の熱気が、肌にまとわりつく。

わたしは夜の、人気のないホームに立った。

今ここに翠がいたなら、容易く突き落とせるだろうに。

驚く顔。闇の向こうから届くヘッドライト。緩まない電車のスピード。尾を引く悲鳴。警告音と、それでも止まれず走り抜ける電車。一瞬だろうけれど、その時間は翠にとって、とても長く感じるだろう。すべてが終わった後で、駅員はやっと駆けつけてくるのだ。

電車に轢かれた翠の身体がどうなってしまうのか、想像したくない。でもそれですべて終わる。わたしはもう煩わされない。

想像に満足してうなずくわたしの肩を、誰かが叩いた。

「……どうしてこんなところに？」

「どうしてだと思う？」

こもっていた夏の熱気が、ふいに消えた。

「見つけたんだ、これ。転売サイトで。見覚え、ない？」

相手が差し出した財布は、記憶にあった。

そうだ。同じデザインのものを持っていた。どうしてすぐに気づかなかったんだろう。百合子の鞄とも同じだったのに。

わたしは相手の顔と財布を見比べながら、ゆっくりと頭を横に振った。

「わからない。わたし、転売サイトなんて利用しないから」

声は震えなかっただろうか。本当はわかっていると気づかれなかっただろうか。

「そう？　だから見逃したのかな？　これをお店で買ったとき、内側に名前を刻印してもらったんだよ。お揃いだったからね。こっちにはほら、Ｙｕｒｉｋｏって刻まれてる」

「お揃い……、そう。そういえば同じのを持ってたね。だけど会ったのはずいぶん以前でしょ。見覚えがないって言ったのは、忘れてたってことで――」

「死んだ人の財布が、どうして転売サイトに出たのかな」

静かで冷たい声が、わたしの言葉を止めた。

財布を転売サイトに出したのはわたしじゃない。翠だ。わたしには関係ない。だけどそれを言ってしまうと、わたしも百合子の死に関係していたことがわかってしまう。

ああ、翠。あんたはどうしてわたしの足を引っぱるの。こんな些細（ささい）なことで、わたしなら絶対に失敗しないようなことで。だからもっと早くあんたを、って。

「説明できないなら、こちらからしてあげるよ。あの夜………」

ホームの向こう側を電車が通過する。その音に負けじと相手は、百合子の死体を始末したあの夜、こんなことがあったのではないかと述べていく。相手の推理は、ほぼ正確だった。そして財布を送ってきた住所からわたしに辿り着いたのだと告げた。

全部、気づかれてしまったのだ。

翠、あんた本当にバカじゃないの？　匿名の配送システムだってあったはずだよね。

「知らない。ほ、本当に、わたしはなにも知らないのよ。財布のことも、事件のことも」

嫌だ。捕まりたくない。悪いのはわたしじゃないんだから。なんとかして理由をつけなくちゃ。相手の納得する説明をしなきゃ。

「本当に、なにも知らないの？」

「ええ。本当。悪いのは翠って子。翠が、財布を転売サイトに出して……あ、出したと知ってるんじゃなくて、話の内容から、一緒に住んでる翠がやったことだってわかったわけ、ほら、住所から辿り着いたって。だから翠に……で、でも、あの子はよく嘘をつくから、事情はわたしが聞いて、あなたに説明する。だから――」

「嘘……か。ねえ、嘘をつくのは悪いこと？」

相手は酷薄に笑った。

「ええ。悪いこと」

「父もよく嘘をついていたよ、お母さんに。あの人は僕の大事なお母さんを苦しめていた。誰かと浮気をして、ね。僕が父に冷たい目を向けていたのはそのせい。いじめなんてまったくの的外れだ。だから八木先生のところにも行った。父の相手かどうかをたしかめるためにね」

「……真哉くん」

「八木先生も、嘘つきだね。結婚するって僕を安心させて、騙して。いや、結婚はするんだっけ。結婚するのに父とも逢うなんて、最低だ」

「違う。それは本当に誤解。あのときは……、いえ」

真哉に結婚の話をしたときは、阿曽課長と関係していなかった。その後はただのはずみ。以前のことはもう終わっている。だから嘘じゃない。騙してなんていない。

だけど、子供の彼にはわからないだろう。関係はなかったと言い張るしかない。

「僕に言ってたよね。善いことを積み上げて努力をしていれば、それに見あう運命を神様が用意してくれる、って話。逆はどうなの？　天秤の皿に悪いことを積み上げたら、どう傾く？」

「待って！　説明を聞いて。わたしは悪いことはしていない！」

「嘘をつくのは悪いこと、なんだよね？」

「だからそれは」

「運命の神様に判断してもらいなよ」

「……え？」

真哉の手がわたしを押した。

闇の向こうからヘッドライトが届く。緩まない電車のスピード。警告音が鳴る。

天秤が揺れている。右に、左に、揺れ続けて止まらない。崩れたバランスがいっそう揺れを誘い、その力もまた重みとなって皿を跳ね上げる。皿の上に載っていた数々のもの、――善いこと、――悪いこと。重いはずのものが軽く、軽いはずのものが重く、天秤はなかなか動きを止めない。

長く長く……、とても長く感じられた時間を経て、皿はようやく傾きを決めた。

闇の向こうから、運命がやってくる。

エピローグ

珊瑚が電車に轢かれて死んだと聞いて、あたしは心底驚いた。

しかも、あたしのいきつけの店がある駅で事故に遭ったのだ。なんでそんなところにいたんだろう。仕事で用があったのだろうか。

兄上の憔悴ぶりときたら、ただごとじゃない。そりゃ、母君様に続いて珊瑚までも死んじゃったんじゃ、当然だけど。

住んでいるマンションも引越そうかなんて言う。思い出が染みついているから、なんてオトメなことをつぶやきながら。

それはちょっと待ってほしい。せっかく新しい家具に囲まれて、駅まで七分の便利な場所で暮らしてるのに、もったいない。思い出っていうほど長く住んじゃいないよね、気にしちゃダメって言ってやった。あたしも新しい部屋に連れてってくれるなら、どっちでもいいんだけどさ。本当の兄妹じゃないから、こういう機会に手を離されそうで困る。

そう考えてみると、珊瑚ってヤツは必要だったのだ。口うるさくてケチだけど、あたしの役に立ってくれていた。早く、誰か見つけなきゃ。新しい男でもいいし、珊瑚の代わりになる友だちでもいい。そんなことを思いながら、夜、駅からの道を歩いていた。ふいに誰かに呼ばれたような気がして、立ち止まる。

周囲を眺めまわしたけれど、誰もいない。街灯が白い光を投げているだけだ。気のせいか、と思いつつも道を急ぐ。

南側の道から見上げたあたしたちの部屋に、灯りはついていなかった。兄上はまた飲めない酒でも飲んでくるのだろうか。面倒なヤツ。

目の前でエレベータが上の階に行ってしまった。ちっ、と舌打ちをして待つ。なかなか戻ってこない。

しばらくパネルを睨んだけれど、エレベータは十階を示したまま動こうとしない。誰か止めているのだろうか。引越しみたいに、十階で大量の荷物を詰め込んでるとか？　夜中だからありえないか。でも、ずいぶんと遅い。

もう一度舌打ちをして、あたしは階段へと向かった。六階まで歩くのはきつそうだ。けれどここはオートロックじゃないし、こんな時間に玄関ホールにひとりでいるほうがやばい。

誰かに後をつけられたかもという不安もあった。ミニスカートのせいもあって、余計に気持ちがざわつく。

息を切らしながら辿り着いた五階の踊り場、あとワンフロアと思ったところに人影を認めた。ジーンズとTシャツ姿の若い男の子が段に腰掛けている。若い、というよりも子供といっていい年頃だ。

こんな子、このマンションに住んでいたっけ。

「あなたが、翠さん？」

少年が立ち上がる。

「……キミ、誰？　あたし、どこかで会った？」

「はじめまして、だよ。そしてさようなら」

「え？」

なにかがすっぽりと、あたしの腹に収まった。熱い塊が身体から弾けそうになる。

少年がうっすらと笑う。

「バランスはとるべきなんだ」

解説

千街晶之

本書『善人と天秤と殺人と』は、二〇一一年八月に幻冬舎から書き下ろしで刊行された、水生大海の長篇『善人マニア』を改題・改稿したものである。この作品の位置づけを簡単に記すなら、「水生大海の初期の埋もれた代表作であり、その作風のうちある部分の出発点となった小説であり、その後の幾つかの作品の原形ともなった小説」ということになるだろう。

それがどういう意味かを説明する前に、まず本書の導入部を紹介しておきたい。

恋人の峰田征市との結婚を控えている八木珊瑚は、彼の妹と対面して愕然とした。初顔合わせになる筈だった相手は、なんと珊瑚の中学時代の同級生・野瀬翠だったのだ。しかも珊瑚と翠は、ある秘密を共有していた——中学の修学旅行で、二人はある男を過失で死なせてしまっていたのだ。それは事故死として処理されたため、珊瑚と翠に警察の捜査の手が延びてくることはなかった。しかし、珊瑚はその後、なるべく善人として生きるように努力してきたのだった。ところがそこに翠が現れた――珊瑚の過去の罪を知る者が。

……と、ここまでのあらすじを読んで、二人で人を殺めた以上、過去を暴かれたくないという事情は翠の側も同じではないか、と読者は思うだろう。ならば、たとえ再会してしまったとしても、片方だけが不利になることはないだろうと。

そうはならないのは、両者の性格の違いによる。珊瑚といえば普通は赤、翡翠は緑の宝石だが、この正反対の色が暗示するように、珊瑚と翠も性格は全く異なる。生真面目で物事を深刻に考えがちな珊瑚に対し、翠は細かいことを気にしない享楽主義者で、しかも口が軽い。珊瑚からしてみれば、翠が過去の出来事を忘れているように見えるのがどうにも不可解だし、いつ過去を思い出してうっかり喋り出すか気が気ではない。しかも、間もなく結婚という幸福を手に入れようとしている珊瑚のほうが、過去が暴かれた時に失うものは明らかに大きいのである。このアンバランスな関係が、いつ、どのように破綻するのかが本書の最大の読みどころとなっている。

翠はひたすら自分のことしか考えないエゴイストであり、しかも悪い意味で楽天的な性格のため、無責任で思慮に欠ける言動が目立つ。その意味で、珊瑚のみならず読者をも苛々させる筈だ。では、一方の珊瑚はどうなのか。こちらは一見生真面目ながら、中学時代の罪が露見しなかったことについて「わたしを見ている誰か、神様とまでは思わないけれど、人を正しい方向に導くなにかがあるのかもしれない。／それはわたし自身の心の中に存在するのだろう。善いことを積み重ねていれば、よい方向に自分自身を動かすことができる。大人だってよく言うじゃないか。悪いことをしたら地獄に堕ちるよと。閻魔さまに怒られるよと。逆もまた真なりだ」と自己正当化するあたり、実は相当に厚かましい。別の箇所では、彼女は自分の生き方を、一方の皿に善いことを積み重ねていれば、悪いことがあってもバランスを取ることができる天秤に譬えている（今回の文庫版のタイトルはそれに因んでいるが、綺麗に韻を踏んでいる点といい、単行本版のタイトルよりこちらのほうがずっといい）。果たして、そんな都合のいい天秤があるものだろうか。

しかし、珊瑚のような考え方は私たちにとっても完全に無縁ではない筈だ。世の中、善行を重ねたからといって必ずそれが幸運として返ってくるわけではないし、悪人が常に報いを受けるわけでもないのだが、それでも人間は、この世の善悪の因果応報はどこかで釣り合っていると信じたがる。珊瑚は、それをちょっと歪なかたちで信奉しているだけなのだ。

そんな二人の主人公に加えて、善人だが自分に都合の悪いことからは目を逸らしたがる征市、自分の価値観を強引に押しつけてくるその母親、珊瑚の元不倫相手で今も彼女に未練ありげな阿曽課長といった登場人物たちが事態をややこしくしてゆく。その結果、後半ではとんでもない事件が起こってしまうのだが――。

ところで本書は、著者のミステリ小説としては三作目にあたる。著者は教育系出版社に勤務した後、派遣社員のかたわら一九九五年から漫画家として活動し、その後、亜鷺一の筆名で二〇〇五年に応募した小説「叶っては、いけない」で第一回チュンソフト小説大賞（ミステリー／ホラー部門）の銅賞を受賞している。そして二〇〇八年に水生大海名義で第一回ばらのまち福山ミステリー文学新人賞に応募した「罪人いずくにか」で優秀作を受賞し、『少女たちの羅針盤』というタイトルで翌年に刊行された。第二作はこのデビュー作の続篇にあたる『かいぶつのまち』（二〇一〇年）であり、その次に発表されたのが本書なのである。

『少女たちの羅針盤』『かいぶつのまち』が人間心理の暗部を描きつつも青春小説のテイストが濃く、若い女性たちの友情が描かれていたのに対し、本書はむしろ大人の女性のドロドロした側面にスポットライトを当てている。その後、著者の作品は明るさを基調とした「白水生」とドロドロした印象の「黒水生」といった具合に分類されることになるが、「黒水生」の出発点となったのが本書だと言っていいだろう。

本書が刊行された当時、ミステリ界では湊かなえ、沼田まほかる、真梨幸子といった作家たちによる「イヤミス」と呼ばれる作風のサスペンス小説がブームとなっていた。文字通り、厭な後味が残るタイプのミステリのことであり、海外作家で言えば、マーガレット・ミラー、パトリシア・ハイスミス、ルース・レンデル、モー・ヘイダーらの作風がこれに該当する。しかし、私見では、厭な後味があれば優れたイヤミスになるというものではない。例えば湊かなえのデビュー作にして、イヤミスブームの嚆矢ともなったヒット作『告白』（二〇〇八年）にしても、そこまでやるかという印象の幕切れは、後味が悪いだけではない、一種の爽快さをも漂わせてはいなかったか。単なる後味の悪さを突き抜けた境地にまで達していなければ、真に優れたイヤミスとは言えないのではないか。

　その意味で、本書もイヤミスのその先へと突き抜けた作品であることは間違いない。後半、翠の無思慮な言動が原因で、ある事件が起こってしまう。その前後の騒動は、まさに修羅場と呼ぶに相応しい。ところが、私はこのくだりを読んで、腹を抱えて笑ってしまったのである。恐らく、読者の大部分もそうだろう。翠と珊瑚、そしてもうひとりの人物が互いに責任をなすりつけ合いながら繰り広げる言動は、本人たちにとっては洒落にならない窮地だろうが、読者にとってはブラックなドタバタコメディ以外の何物でもない。

　著者のその後の作品のうち、この突き抜け具合で共通している――いや、もっと徹底しているのが、本書同様に何故か文庫化までに時間がかかった『熱望』（二〇一三年、文庫化は二〇二〇年）である。この作品の主人公・清原春菜は、派遣先から仕事を打ち切られ、金を用立てた交際相手はそのまま逃亡してしまう。貧窮状態に陥った彼女は、被害者から加害者へと立場を変え、人々を騙す悪女としてしぶとく生き延びてゆく。

一種の転落の物語ではあるけれども、よくも悪くも前向きな春菜の一人称で綴られていることもあって、陰々滅々どころかむしろスカッとした印象すら受けてしまう小説である。春菜がある罪を犯したあと、かつて彼女に騙された僧侶がTVのニュース番組でありもしないことまで得々と喋っているのを見て、「そうだ、一切の罪のない人間だけがこの女に石を投げろって聖書の話もあるじゃないか。坊主のくせに非難するな。いやあれはイエスか。どっちでもいいが」と内心思うくだりなど、主人公の徹底したエゴイズムが読者の抱腹絶倒を誘う点も本書と共通している。

他に、本書のモチーフの発展形と言える要素があるのが『冷たい手』（二〇一五年）である。主人公の国枝朱里は、旧知の秋葉典子と再会し、結婚すると告げられるが、しばらく経って典子は何者かに殺害されてしまう。実は朱里と典子は二十年前にある出来事を一緒に体験しており、それがあまりに悲惨で忘れたい記憶だったため警察の事情聴取の際にそのことを伏せてしまうが、やがて露見し、典子殺害の重要容疑者にされてしまう。本書の珊瑚と翠がかつて加害者だったのに対し朱里と典子は被害者だったので、その意味では正反対であるものの、決して他人には明かせない深刻な秘密を共有する二人の女性の人生が、過去の記憶が蘇ることで歪んでゆくという構想は共通しており、その意味で『冷たい手』は本書の発展形とも言えるのだ。

また、珊瑚の婚約者である征市の、母親が病気になった時に当たり前のように見舞いや介護の役目をまだ結婚してもいない珊瑚に押しつけようとする態度は、例えば『宝の山』(二〇二〇年)の主人公・佐竹希子の婚約者である山之内竜哉の一見先進的な言動から滲み出す鼻持ちならないプライドの高さと保守性など、著者の小説にしばしば登場する辛辣な男性描写の原点とも言えそうだ。このように、本書にはその後の作風を予見させる要素が数多く存在しており、近年の作品から入門したファンにとっても興味深く読める筈である。

さて、手のつけられない修羅場はどのように決着するのか。珊瑚の善と悪の天秤は果たして釣り合うことになるのか。そして翠の生き方は肯定されるのか、否定されるのか。最後の最後まで目が離せない展開が待っている本書は、著者の初期を代表する作品であり、今回の文庫化によって再評価されるべき価値がある。

——ミステリ評論家

この作品は二〇一一年八月小社より刊行された
『善人マニア』を改題し、加筆修正したものです。

善人（ぜんにん）と天秤（てんびん）と殺人（さつじん）と

水生大海（みずきひろみ）

令和3年10月10日　初版発行

発行人――石原正康
編集人――高部真人
発行所――株式会社幻冬舎
〒151-0051東京都渋谷区千駄ヶ谷4-9-7
電話　03(5411)6222(営業)
　　　03(5411)6211(編集)
振替00120-8-767643
印刷・製本―図書印刷株式会社
装丁者――高橋雅之

幻冬舎文庫

ISBN978-4-344-43136-2　C0193　み-36-1

幻冬舎ホームページアドレス　https://www.gentosha.co.jp/
この本に関するご意見・ご感想をメールでお寄せいただく場合は、
comment@gentosha.co.jpまで。